로크미디어가
유혹하는
재미있는 세상
ROK
MEDIA
로크미디어

이것이 법이다

이것이 법이다 134

2022년 4월 6일 초판 1쇄 인쇄
2022년 4월 11일 초판 1쇄 발행

지은이 자카예프
발행인 김정수 강준규

기획 이기헌 왕소현 박경무 강민구
책임편집 최전경
마케팅지원 이원선

발행처 (주)로크미디어
출판등록 2003년 3월 24일
주소 서울시 마포구 성암로 330 DMC첨단산업센터 318호
Tel (02)3273-5135 **편집** 070-7863-8592 Fax (02)3273-5134
홈페이지 rokmedia.com **E-mail** rokmedia@empas.com

값 8,000원

ISBN 979-11-354-7348-7 (134권)
ISBN 979-11-255-9575-5 04810 (세트)

작가와의 협의에 의해 인지는 생략합니다.
잘못된 책은 구입처에서 바꾸어 드립니다.

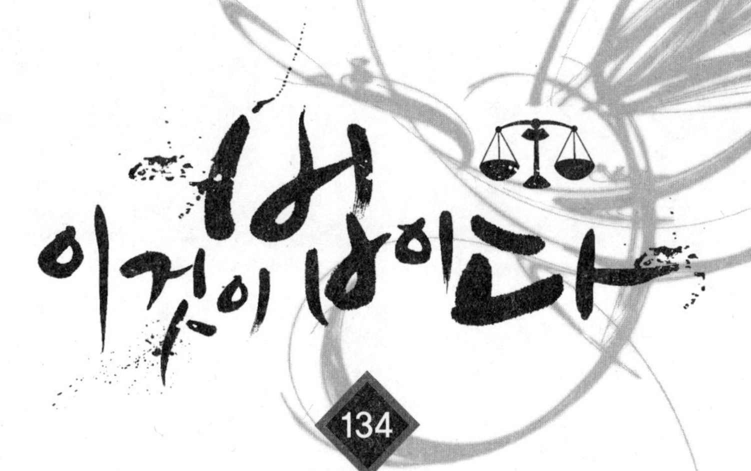

자카예프 장편소설

이 소설은 픽션입니다.
등장하는 인물 및 지명 등은 현실과 연관이 없습니다.
또한 소설 내에 나오는 법이나 법리 해석의 경우에도 대중문학의 극적 전개를 위하여 일부분 과장되거나 변형된 것이 존재하니 실제 법과 혼동하지 않으시길 바랍니다.

CONTENTS

우발적 살인

오선하의 실종 신고는 같이 연극을 하던 사람들이 해 줬다.

그리고 그동안 가출로 접수되어 있던 오선하에 대해 경찰은 눈에 불을 켜고 수색하기 시작했다.

"도대체 왜 저러는 거지?"

서세영은 이해가 안 간다는 듯 말했다.

자신들이 신고하긴 했지만 그래도 뭐랄까, 너무 설레발을 치면서 요란하게 털어 댄다고나 할까?

"우리가 무서워서 그래."

노형진은 자신들에게 사전 청취를 하고 떠나는 경찰들의 뒷모습을 보면서 말했다.

"우리가 무섭다고? 뭐가? 우리가 잡아먹기라도 한대?"

"엄밀하게 말하면 새론이 무서운 거지."
"이해가 안 가는데."
"너는 아직 우리 회사가 어떤 회사인지 잘 모르니까."
서세영이 로스쿨을 노린다곤 하지만 그렇다고 해서 그녀가 법률에 대해 잘 아는 것은 아니다.
여전히 그녀는 학생이고, 그녀가 법조계에 대해 잘 아는 것은 아니니까.
"우리 새론은 생각보다 유명하거든."
힘이 있고, 보복을 두려워하지 않는 기업.
여기서 말하는 보복을 두려워하지 않는다는 것은 역으로 보복하는 것도 포함된다.
"잘못 걸리면 인생 막장으로 만들어 버리는 기업, 그게 우리 새론이야."
"그런데?"
"우리가 거기에서 그 난리를 쳤을 때 저놈들은 우리를 몰랐어. 하지만 나중에 우리가 사건을 뒤집고 꼬투리를 잡았지. 그러면 상부에서 당연히 우리에 대해 알아봤겠지."
"아하! 그렇구나!"
"제일 하수가 자신들이 얼마나 강한지 자랑하는 놈들이야."
하지만 노형진은 그 대신 꼬투리를 잡고 감사 팀을 불렀다.
그리고 그 찝찝함에 새론에 대해 알아본 자들은 새론이 어떤 식으로 일하는지 알았을 것이다.

"당연히 어떻게 해서든 살아남으려고 발악하겠지."

이대로 찍혀 있으면 인생은 끝장이다.

그걸 모를 리가 없다.

당연히 살길을 찾는 쥐새끼처럼 이리저리 찔러 댈 것이다.

"그게 오선하 씨의 실종 사건이야."

새론이 담당하고 있는 사건, 그걸 잘 해결해야 자신들이 살아남을 수 있다고 생각할 것이다.

"아마 우리가 그냥 경찰에 가서 신고하고 협조를 요청했다면 이 사건과 관련된 우리의 모든 행적이 백운주류로 흘러들어 갔을 거야."

하지만 그들은 새론에 대해 알아봤으니 자신들이 적대하고 있는 존재가 누구인지도 알았을 것이다.

"우리는 입도 뻥긋 안 하고 협박한 셈이지."

백운주류냐 아니면 새론이냐, 양자택일을 해야 하는 상황에서 저들이 선택할 수 있는 건 새론뿐이다.

"백운주류에서 그들에게 줄 수 있는 건 그저 뇌물 정도지만……."

물론 백운주류는 지역사회에서 강력한 힘을 가지고 있다.

그러나 그 힘에는 분명 한계가 있다. 경찰의 승진이나 미래 준비에까지 영향을 끼칠 수는 없는 일이다.

"우리는 확실하게 미래를 박살 낼 수 있으니까."

확실하게 미래를 박살 낼 수 있는 존재와 기껏해야 미래에

약간의 풍요를 줄 수 있는 존재.

그 두 존재 중에서 하나를 고르라고 하면 사실 답은 이미 정해져 있다.

"그러니까 우리를 편들어 줄 수밖에 없지."

"편들어 준다는 표현보다는 꼬리를 말았다는 표현이 맞는 것 같은데."

"네 말이 맞다."

만일 이쪽에 찍혔다는 느낌이 없었다면 경찰이 이렇게까지 열성적으로 일하지는 않을 것이다.

"그리고 이제 네가 나설 차례지."

"차량에서 피가 나왔다고 신고하라고?"

"그래. 그리고 그러면 답이 나올 거야."

피가 나왔지만 그게 진짜 사람의 피인지, 그리고 사람의 피라 해도 오선하의 피인지는 알 수 없다.

지금까지 벌어진 모든 일은 그저 추측일 뿐이다.

"추측을 현실로 만드는 것이 우리가 해야 할 일이고."

노형진은 차분하게 말했다.

"가서 경찰에 신고해. 이미 오선하 씨의 유전자는 확보해 둔 상태야. 남은 건 유전자 검사뿐이지."

이어 진지하게 덧붙였다.

"이제 경찰에서 시위를 당길 시간이야."

홍혜인은 비행을 준비 중이었다.

오늘은 로스앤젤레스까지 가야 하는 긴 비행이었기에 마음을 단단히 먹고 막 대기실에서 나가려던 찰나였다.

"홍혜인 씨."

"네, 과장님."

"오늘 비행은 취소되었으니까 대기하세요."

"네?"

홍혜인은 어리둥절한 표정이 되었다.

비행이 취소되다니?

"비행기 트러블인가요?"

만일 기체에 무슨 문제가 있으면 종종 그런 경우가 있기에 혹시나 해서 묻는 홍혜인.

그리고 주변의 시선도 다 그랬다.

그러나 과장은 고개를 흔들었다.

"홍혜인 씨만 대기입니다. 나머지는 모두 스탠바이 하세요."

"저만 말입니까?"

"네, 대기하세요."

홍혜인은 왠지 기분이 찝찝했다.

그렇다고 해서 자신이 마음대로 비행할 수는 없는 노릇이기에 일단 짐을 옆에 두고 대기실에서 기다리기 시작했다.

같이 비행하기로 했던 동료들은 뭔 일인가 하는 표정으로 잠깐 이야기하다가 각자의 비행 준비를 위해 바깥으로 나갔다.

'뭐지?'

상황이 이해가 가지 않아서 기다리던 홍혜인의 눈에 어떤 사람들이 대기실 안으로 들어오는 것이 보였다.

그들은 명백하게 승무원이 아닌 복장을 하고 있었다.

그녀는 자리에서 일어나서 그들에게 다가갔다.

"여기는 승무원 대기실입니다. 다른 분들은 들어오실 수 없습니다."

홍혜인은 그들을 내보내려고 했다.

하지만 그들은 홍혜인을 뚫어지게 바라볼 뿐이었다.

"나가 주세요."

"홍혜인 씨?"

"그렇습니다만?"

고개를 끄덕거린 두 남자는 품에서 뭔가를 꺼내 들었다.

"경찰입니다."

"경찰요?"

경찰이라는 말에 심장이 덜컥 내려앉는 홍혜인.

그런 그녀에게 경찰은 더더욱 심각한 질문을 던졌다.

"차량 번호 30 지 ㅇㅇㅇㅇ번 빨간색 로망스. 전 차주분이시죠?"

"네, 그런데요."

"같이 가시죠. 수사받으실 게 있습니다."

홍혜인은 입술이 바짝바짝 말랐다.

차량과 관계된 경찰 수사라고 하면 생각나는 건 하나뿐이니까.

"임의동행인가요? 거절하겠습니다."

"아니요. 체포 영장입니다."

품에서 영장을 꺼내는 경찰.

그걸 본 홍혜인은 지금 상황이 어떤지 바로 알아차렸다.

"동행해 주시지요."

"변호사를 불러 주세요. 전 그때까지 단 한마디도 하지 않겠습니다."

서세영은 차에서 피가 발견되었다고 신고했다.

그러자 예상대로 경찰은 그 피를 조사해서 유전자 검사를 하고, 실종자 데이터베이스에 있는 사람들과 비교하기 시작했다.

그리고 얼마 지나지 않아서 그 피해자가 특정되었다.

오선하. 바로 백운주류 차진광의 아내였다.

이미 노형진이 특정해 둔 상황이라 그녀와 연결하는 것은 어려운 일이 아니었다.

"어려운 건 저 새끼지."

유리로 된 창문 너머로 보이는 남자.

그가 홍혜인 옆에 딱 붙어서 작게 이야기하는 모습이 보인다.

들리지는 않지만 그 내용을 추측하는 건 어렵지 않다.

"입 닥치고 있으라는 거겠지."

홍혜인이 경찰서에 오자마자 달려온 변호사.

그 변호사는 홍혜인이 묵비권을 행사하도록 시키면서 조사를 방해했다.

경찰이 어떤 질문을 하더라도 그녀는 자신은 모르는 일이며 그 차량의 현 소유주, 그러니까 서세영이 범인이라고 주장하고 있었다.

"문제는 그게 먹힌다는 거야."

노형진이 서세영에게 그 차를 사 준 지가 벌써 3개월이 넘었다.

그 장비가 있는 공간은 그렇게 빨리 열 만한 이유가 없는 곳이었기에 그동안 신나게 타고 다녔다.

"그리고 신고했다고 해도 결국 중고차 시장에 있었던 시간까지 합하면 6개월의 공백이 생기는 것은 어쩔 수 없는 사실이야."

노형진도 예상한 듯 말했다.

만약 서세영이 가족이 아니었고 노형진이 오선하에게 의뢰받은 입장이었다면 그 역시 같은 방식으로 방어에 들어갔을 것이다.

"그리고 재판에 들어가도 그건 충분히 먹힐 만한 주장이지."

노형진은 착잡하게 말했다.

그럴 수밖에 없는 게, 지금 이 순간 서세영 역시 다른 방에서 수사받고 있으니까.

어쩔 수가 없다.

두 명의 차 주인. 그중 누가 살인 사건과 관련되어 있는지 알 수 없기 때문이다.

공식적으로 서세영이 신고자이기는 하지만 자신의 범죄행위에서 벗어나기 위해 스스로 범죄를 신고하는 행위는 생각보다 자주 벌어진다.

"너라면 충분히 빼 줄 수 있지 않아?"

노형진을 바라보면서 물어보는 오광훈.

사실 노형진이 원했다면 출석이고 뭐고 다 때려치우고 서면조사 하나로 끝내 버릴 수 있다.

"알아. 하지만 세영이도 그걸 원하지 않고, 그렇게 했다가는 저쪽이 물고 늘어질 수도 있어."

"물고 늘어진다고?"

"저쪽에는 백운주류가 있으니까."

노형진보다 약하긴 하지만 의문을 제기할 정도의 힘은 가지고 있고, 그 의문을 제기한다면 이후에 어찌 될지는 명백하다.

사람들이 봤을 때 똑같이 가능성이 있는데 한쪽은 체포 영장이 나오고 다른 한쪽은 서면조사만 한다면, 당연히 서면조사를 한 쪽이 돈을 가지고 은닉한다는 느낌을 받을 수밖에 없다.

"그런 경우는 도리어 우리가 더 불리하거든."

새론이라는 이름, 그리고 노형진이라는 존재.

아무리 좋은 일을 많이 했다고 해도 권력자라는 것은 부정할 수 없는 사실이니 사람들은 자신도 모르게 적대적 감정을 느낄 수밖에 없다.

"그렇게 되면 도리어 세영이가 힘들어지니까 아예 처음부터 당당하게 조사받는 게 나아."

"그런가?"

오광훈은 미안한 듯 머리를 긁적거렸다.

어찌 되었건 살인 사건이다.

단순히 편의를 위해 움직이면 나중에 문제가 생길 수도 있다.

"그나저나 저 변호사는 차진광이 보내 준 거겠지?"

"그렇겠지."

물론 홍혜인이 불렀을 수도 있지만, 그렇게 보기에는 너무 급이 높은 사람이다.

차장검사 출신인 저 변호사의 소속은 법무 법인 서라벌.

한국에서는 법무 법인 랭크 10위에 올라가 있는 곳이다.

물론 새론에 비하면 랭크가 낮긴 하지만 그래도 비싸기 그

지없는 사람이다.

"시신은 어떻게 처리했을까?"

"그게 궁금하기는 하네."

경찰에서 이 잡듯이 뒤졌지만 시신은 발견되지 않았다.

"시체가 없으면 살인도 없다."

가장 기본적인 규칙.

그것 때문에 수사가 난항을 겪고 있는 상황.

"그걸 아니까 홍혜인도 저렇게 당당할 수 있는 거겠지. 어쩌면 백운주류의 안사람이 될 거라 꿈꿀지도 모르고."

백운주류는 엄밀하게 말하면 재벌은 아니다. 하지만 중견기업쯤은 된다.

한국에서 중견기업은 자산총액이 5천억 이상 10조 원 미만의 기업을 가리킨다.

물론 중견기업이라고 만만하게 볼 수는 없었다.

중견기업만 해도 한국 기준으로 기업들 중에서 0.12% 정도밖에 안 되는 데다가, 일반인은 꿈도 꾸지 못하는 삶을 살아가니까.

실제로 드라마에서 재벌가라고 나오는 사람들의 집은 현실에서 보면 중견기업급밖에 되지 않는다. 예산상의 문제로 진짜 재벌가의 집안을 꾸밀 수는 없으니까.

애초에 재벌이라는 사람들은 극도로 폐쇄적인 타입이라 내부의 상황에 대해 알 수도 없어, 재벌가 내부는 제대로 본 사람도 없다.

"내가 알기로는 백운주류의 총자산이 2조 정도 돼."

한 지역의 패자로서는 부족함이 없다.

"꿈도 야무지지. 가능할 리가 없는데."

"응? 그게 무슨 소리야?"

"백운주류에서 홍혜인을 안사람으로 인정하지는 않을 거라는 거야."

차진광은 이미 오선하와 결혼했었다.

그리고 조사 결과에 따르면, 집안에서는 오선하를 싫어한다. 그도 그럴 것이, 차진광이 대학 다니던 시절에 눈이 맞아서 결혼한 것이었으니까.

"저런 집안은 서로 끼리끼리 붙어먹는 법이거든."

실제로 평범한 사람이 결혼해서 준재벌가로 들어가면 그 압박감은 상상 이상이다.

"아마도 오선하가 진짜 죽었다고 하면 차진광을 다른 집안과 결혼시키려고 하겠지."

"하지만 차진광이 죽였다는 증거가 없잖아."

노형진은 어깨를 으쓱했다.

"그러니까 일단은 백운주류를 흔들어야지."

"백운주류를?"

"정확하게는, 저 변호사를 흔들어야지."

노형진은 빙긋 웃었다.

"과연 저 변호사가 무료로 변론을 해 줄지 두고 보자고, 후후후."

⚖

노형진은 홍혜인에게 온 변호사가 백운주류에서 보낸 사람일 가능성이 높다고 생각했다.

그녀 혼자서 불렀다기에는 가격이 너무 높으니까.

그리고 애초에 저 정도 되는 변호사는 사건을 골라 가면서 받아들인다.

단순히 부유하기만 한 의뢰인보다는 장기적으로 도움이 되는 의뢰인을 선택한다는 것이다.

그러나 홍혜인은 그런 의뢰인이 아니다.

"그러니 그 부분을 노릴 거야."

노형진은 서세영과 함께 움직이고 있었다.

이번에 제대로 배우겠다고 그녀가 마음을 먹었으니까.

"재판정에서 싸우는 게 아니고?"

"재판정에서만 싸우는 변호사는 하급, 그리고 재판정 바깥에서도 싸우는 사람은 중급, 재판도 하기 전에 결판내는 사람은 상급."

"변호사 등급이?"

"그래. 그것도 아주 현실적인 등급이지."

노형진은 피식 웃으며 말했다.

"비정하지만 사실이야. 그리고 그 변호사는 아마 중급 정도 수준일 거다."

"고작? 그래도 차장검사 출신이라면서? 그런데 중급이라고?"

부장검사는 그래도 한 지역에 한 명에서 네 명까지 있다.

그러나 차장검사는 한 지역에 많아야 두 명이다.

쉽게 말해서 차장검사는 지역의 검사장 바로 아래라는 거다.

그런 사람을 노형진은 고작 중급이라고 말하고 있다.

그러니 서세영은 이해가 안 갈 수밖에.

"치트 키를 쓰는 사람은 결국 실력이 안 늘어."

"그건 또 뭔 소리야?"

"전관이잖아. 그것도 차장급 전관. 차장급 전관이 변론 실력이 좋겠어? 애초에 업무가 다른데."

"아하!"

차장검사까지 했다는 것은 실력이 어느 정도 있다는 뜻이다.

하지만 그건 어디까지나 공격에 대해서다.

그에 반해 변호사는 방어하는 사람이다.

그러니 방식이 완전히 다를 수밖에 없다.

"더군다나 차장급이면 기자들과도 어느 정도 선이 있는 사람이거든. 그래서 어지간하면 언론에서도 그들에게 유리하게 움직여 주니까. 게임을 할 때도 치트 키 쓰는 놈들은 실력이 안 늘어. 업무 자체가 달랐던 데다가 정당하게 싸우는 것도 아니고 치트 키로 싸웠던 놈들이, 실력이 늘겠어?"

그래서 차장급들은 상대적으로 실력이 과대평가된다.

법원에서 재판을 할 때야 전관이라는 강력한 치트 키가 있으니 이길 수 있겠지만, 그 치트를 무시할 수 있는 강력한 적이 등장하는 경우 도리어 실력의 부족함이 드러나는 일이 제법 많았다.

"그러면 오빠는 이길 자신이 있다는 소리?"

"당연하지."

노형진은 씩 웃었다.

"최상급 변호사가 어떻게 움직이는지 잘 배워 둬. 너도 언젠가는 써먹어야 할 테니까."

노형진은 자신 있게 말했다.

⚖

백운주류는 지역의 패자다. 그리고 당연히 그 지역에는 그 지역의 언론이 있다.

그런 지역의 언론은 지역의 패자에게 상당히 약한 모습을 보여 준다.

"아무래도 광고 같은 걸 받아 오기 위해서는 어쩔 수 없지."

전국구 언론도 자본에 밀려서 휘청거리는데 지역 언론은 더하면 더했지 결코 덜하지는 않다.

"생각을 해 봐. 백운주류가 지역 내에서 패자라지만 그렇다고 해서 상품을 다른 지역에 팔지 말라는 법은 없거든."

과거에 있던 그 법은 이미 사라졌다.

당연히 백운주류 입장에서는 외부에 술을 팔아서 수익을 내는 게 훨씬 이득이니, 기왕 광고를 한다면 지역신문이 아니라 전국 신문에 광고하는 게 낫다.

실제로 지역민의 술에서 전 국민의 술로 발돋움하기 위해 많은 기업들이 노력 중이니까.

"그런데 그거랑 지역 언론사랑 무슨 관계야?"

"보면 알아."

노형진은 서세영을 향해 싱긋 웃은 뒤 언론사 안으로 들어갔다.

그리고 명함을 내밀자 기자는 바로 그를 응접실로 모셨다.

"그런데 어떤 일로……?"

새론이 아무리 서울을 기반으로 활동한다고 해도 각 지역별로 지점이 있는 데다가 워낙 유명하다 보니 언론사에서 모른다는 건 불가능하다.

경찰이야 주변만 신경 쓰면 그만이지만 언론은 폭넓게 봐야 하니까.

그래서 그런지 노형진에게 대응하는 기자는 살짝 긴장한 눈치였다.

"사실은 좋은 정보가 있어서 왔습니다."

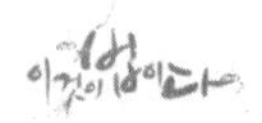

"좋은 정보요?"
"네. 적당한 대가만 주신다면 넘겨드릴 수 있는데……."
"적당한 대가요?"
살짝 눈을 찡그리는 기자.
설마 새론에서 이런 말을 할 줄은 몰랐으니까.
"그만한 가치가 있는 일입니다."
하지만 노형진은 그의 당황스러운 시선 따위, 신경 쓰지 않았다.
"어떤 건지……?"
"백운주류, 아시죠?"
"네, 알고 있습니다."
'모를 리가 있나.'
백운주류는 이 언론사에 광고를 엄청 주는 회사니까.
당연히 신경 쓰지 않을 수가 없다.
"백운주류의 오선하 씨가 실종된 것도 아시겠네요?"
"아, 네……. 뭐, 가출이라고는 하던데……."
백운주류에서 공식적으로 그렇게 발표했으니 기자가 그렇게 알고 있는 것도 당연했다.
"오선하 씨가 가출 전력이 좀 있는 것도 사실이고……."
"이번은 아닙니다."
"그게 무슨 말씀이신지?"
"오선하 씨의 피가 차량에서 발견되었습니다."

기자의 눈이 커졌다. 이건 진짜 처음 들어 본 말이었으니까.
"그게 무슨 말입니까?"
"일단 여기까지만 말씀드리겠습니다."
"아……."
분명 노형진은 적당한 대가가 있어야 정보를 공개한다고 했다. 그리고 지금 공개한 정보는 참으로 감질나는 정보였다.
다른 사람도 아닌 백운주류의 며느리의 피가 차에서 발견되었다?
그 말은 죽었을 수도 있다는 소리다.
만일 단순히 사고였거나 입원했다면 이미 자신들에게 정보가 들어왔어야 하니까.
"얼마를 원하십니까?"
"간단하게 300 정도면……."
싱긋 웃는 노형진.
"아, 물론 현금입니다, 현금."
"현금……."
잠깐 고민하던 기자는 자리에서 벌떡 일어났다.
"잠깐 나갔다 오겠습니다."
그리고 한 30분쯤 지나서 그는 제법 두툼한 갈색 봉투를 가지고 왔다.
"현금으로 300만 원입니다. 그러면 다른 제보 사항을 좀……."
"백운주류에서는 가출인 줄 알고 가출 신고를 했는데, 같

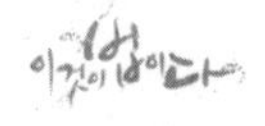

이 연극하던 분들은 실종 신고를 했습니다. 그래서 경찰에서 실종으로 보고 수사하던 중에 중고차를 산 사람이 차량에서 핏자국을 발견했다고 신고하고……."

지금까지 있었던 일을 이야기하는 노형진.

물론 옆에 있는 서세영이 그 차 주인이라는 말은 하지 않았다.

조사해 보면 서세영이 차 주인이라는 걸 알 수도 있겠지만 현실적으로 그럴 가능성은 낮다.

현행법상 범죄 사실이 확정되지도 않았는데 외부에 피의자를 공개하는 것은 불법이기 때문이다.

물론 검찰이든 경찰이든 그런 걸 신경 쓰지 않은 지 오래되기는 했지만, 대한민국의 대부분의 법이 그렇듯 힘이 있는 사람을 상대할 때는 검찰과 경찰 모두 그걸 지킬 수밖에 없다.

다른 사람도 아니고 노형진의 동생의 신분을 죄도 확정되지 않은 상황에서 공개한다면 그건 자살행위나 마찬가지다.

노형진이 말한 보이지 않는 협박은 여전히 제대로 작동하고 있기에, 노형진은 그녀의 얼굴이 드러날 가능성을 그다지 걱정하지 않았다.

"그러니까 그 전 차 주인이 유력한 살인 용의자라는 거군요."

"맞습니다."

"저기, 이거…… 혹시……?"

"독점으로 드리는 겁니다."

노형진은 씩 웃었다.

"300만 원이 옆집 개 이름도 아니고, 제가 그렇게 후안무치한 놈은 아닙니다."

독점이라는 말에 기자의 얼굴은 환해졌다.

"그러면 사건 번호도 아십니까?"

"당연히 알고 있지요."

노형진은 사건 번호까지 꼼꼼하게 알려 줬다.

"감사합니다. 감사합니다. 나중에 좋은 정보 있으면 다시 부탁드립니다."

"그래야지요. 적당한 대가가 있다면 얼마든지 말입니다."

노형진은 아주 자비로운 얼굴로 웃었다.

옆에 있던 서세영이 어이가 없다는 표정으로 자신을 바라보는 것도 무시한 채.

백운주류의 비극

백운주류의 며느리 오 모 씨가 실종된 가운데 경찰에서는 유력 용의자를 붙잡아 수사 중인 것으로 알려졌다.

내부 관계자는 해당 용의자의 차량에서 오 모 씨의 혈액이 발견되었으며…….

해당 언론에서 나온 뉴스.

그 뉴스는 무서운 속도로 인터넷에 퍼져 갔다.

그럴 수밖에 없는 게, 한국에서 재벌이나 준재벌은 경멸의 대상이기도 하지만 동시에 일종의 관음의 대상이기도 했다.

"지금까지 그런 중견급 기업들의 가족에 대한 사건이 나온 건 거의 없거든."

백운주류는 규모로 본다면 중견기업이지만 평범한 사람들의 입장에서 본다면 준재벌급이다.

그만큼 지명도가 있고 유명한 기업 중 하나다.

그런 곳을 경영하는 집안의 며느리가 피해자인 살인 사건.

그 살인 사건이 이슈가 안 될 리가 없다.

독점 기사는 순식간에 사방으로 퍼져 갔다.

노형진이 우라까이를 가지고 고소해서 기자들의 영혼을 털어 냈지만 그건 어디까지나 상상 속의 사건들을 기준으로 한 것이고, 명백한 증거나 결론이 나 있는 사건들은 고소의 대상이 아니니까.

그리고 이 사건은 분명 명백한 증거가 있었다.

당연히 무서울 정도로 사람들에게 퍼지면서 관심이 집중되고 있는 상황.

"제보했다고 바로 기사화했다고?"

"알아서 긴 거지. 우리나라의 전통문화 아니겠니?"

살짝 비꼼을 담아서 노형진이 말했다.

"저들 입장에서야 설마 차진광이 의심받고 있을 거라고는 생각하지 못할 테고, 이럴 때는 언론의 포지션은 뻔하거든."

백운주류 일가에 피해자의 이미지를 만들어 줌으로써 일종의 동정표를 받게 하는 것.

그게 나중을 위해 언론에는 유리하니까.

동정표를 받게 해 줘서 나쁠 일은 없는 법이다.

"그런데 이게 오빠 전략이랑 무슨 관계야? 아니, 최상급 변호사랑 무슨 관계냐고 물어야 하나?"

"궁금해? 궁금하면 500원."

"제발 오래된 개그는 하지 말고."

"오래된 건 아닌데."

노형진은 피식 웃으면서 다른 신문을 건넸다.

거기에 실린 기사의 헤드라인은 다른 곳과 달랐다.

> 용의자 오 모 씨의 변호인은 오늘 전격 사퇴를 발표하였다.
>
> 변호인은…….

"어?"

갑자기 불똥이 엉뚱한 곳으로 튀자 놀라서 눈을 크게 뜨는 서세영.

언론에서 백운주류를 빨아 주는 것이 변호사가 물러나는 것과 무슨 관계가 있단 말인가?

"이게 왜 이렇게 되는 거지?"
"이게 바로 최상급 변호사의 능력이지. 상관관계를 추론하고 그걸 차단하는 것."
"차단?"
"언론에서 오선하 사건을 파게 되면 그 사건에 관심이 쏠리게 되지. 안 그래?"
"그렇지."
"그리고 홍혜인에게는 지금 아주 비싼 변호사가 붙어 있지. 그런데 그 비싼 변호사를 보내 준 건 누구?"
"아!"
그제야 서세영은 노형진이 뭘 노린 건지 알아차렸다.
"변호사와의 선을 끊을 수밖에 없겠구나."
"그렇지."
언론에서 까이고 있는 홍혜인. 그리고 홍혜인에게 붙어 있는 비싼 변호사.
"만일 기자 중 누군가 그걸 의심하면?"
그래서 그 비싼 변호사를 누가 보냈는지 확인하면?
재수 없으면 그 변호사를 보낸 게 바로 백운주류라는 것을 알게 된다.
"백운주류에서 범인으로 의심되는 홍혜인을 위해 변호사를 샀다, 그게 뭘 의미하겠어?"
"살인을 방조하거나 같이 죽였다?"

"빙고."

만에 하나의 가능성이지만, 결코 무시할 수 없는 가능성이기도 했다.

"더군다나 저쪽은 세영이 너한테 내가 붙어 있다는 걸 이미 알고 있어."

노형진이 뒷조사를 확실하게 한다는 것을 알고 있으니 그대로 비싼 변호사를 붙여 둔다는 건 의심받을 수밖에 없는 일.

"그러니까 커트하겠지. 그리고 그 말은, 홍혜인이 백운주류에서 버려졌다는 걸 의미하고."

"잠깐…… 그러면 홍혜인은?"

"까딱 잘못하면 자신이 죄를 뒤집어쓸 상황이지. 그러면 어떤 선택을 하게 될까?"

단순히 제보 하나 하는 것을 통해 둘 사이를 갈라놓고 진실을 말할 수밖에 없게 만든 것이 바로 노형진이었다.

"이게 최상위 변호사의 능력인 거야?"

"법을 해석하고 판단하는 건 어떤 변호사나 할 수 있어. 다만 그걸 적용하고 재판정에서 답을 만들어 내는 게 변호사의 능력인 거야. 가난한 사람들에게는 절대 제공되지 않던 능력이지."

그게 싫어서 노형진이 이런 시스템을 만들고 새론을 이처럼 거대한 법률 회사로 만든 것이다.

"모든 사람에게 공정한 법률 서비스를 제공하기 위해 말이야."

서세영은 감동한 눈치였다.

설마 일을 이런 식으로 해결할 줄은 몰랐으니까.

"그러면 이제 홍혜인은 어떻게 되는 거야?"

"아마도 나름 변호사를 사겠지."

"누구를?"

노형진은 빙긋 웃으며 손가락을 세워서 자신을 가리켰다.

"나!"

홍혜인은 입술이 바짝바짝 말랐다.

언론에 갑자기 뉴스가 나간 후 변호사는 미안하다는 말을 끝으로 떠나 버렸다.

새로 변호사를 사려고 사방으로 노력하고 있었지만 쉽지 않았다.

물론 변호사를 사는 게 쉽지 않다는 뜻은 아니다.

돈만 준다면 변호사를 사는 건 어렵지 않다.

그녀도 나름 모아 둔 돈이 있으니까.

설사 못 산다고 해도, 국선변호인이라는 제도가 있으니 변호사 없이 재판을 받거나 하지는 않을 것이다.

그러나 변호사를 사는 것과 능력 있는 변호사를 사는 것은 전혀 다른 문제였다.

'분명 나한테 뒤집어씌울 거야.'

홍혜인은 바보가 아니었다.

스튜어디스라는 직업은 최소한 2개 국어는 할 줄 아는 사람들이 할 수 있는 일이다.

한국어와 영어는 기본이니까.

거기다 홍혜인은 일본어와 중국어까지 할 줄 아는 여자다.

당연히 그만큼 머리가 좋았다.

그랬기에 이후에 벌어질 일도 알고 있었다.

'재판을 받으면…… 내가 모든 걸 뒤집어쓰게 될 거야.'

재판에 들어가면 백운주류에서는 어떻게 해서든 모든 죄를 홍혜인에게 뒤집어씌울 것이다.

물론 전 변호사가 변론했던 것처럼 차를 판 지 6개월이 넘었으니 서세영이 죽였다고 주장할 수도 있지만, 상대방은 하필이면 노형진의 의남매였다.

살인할 이유도 없고, 신고자라는 특성상 혐의 가능성도 낮다.

'어쩌지? 누구를 쓰지?'

분명 자신에게 닥칠 수밖에 없는 문제. 그 문제를 해결하기 위해 홍혜인이 머리를 쥐어뜯고 있을 때, 구명줄은 전혀 생각하지 못한 곳에서 내려왔다.

"저를 변호해 주신다고요?"

"네. 물론 저를 고용해 주신다면 말입니다."

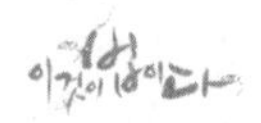

구치소에 찾아온 노형진.

그는 홍혜인을 보면서 싱글벙글 웃으며 말했다.

"하지만 당신은……."

"세영이 오빠죠. 하지만 그렇다고 해서 당신의 변론을 담당하지 말라는 법은 없습니다. 애초에 세영이가 살인할 이유는 없으니까요."

그랬기에 검찰도 서세영에 대해서는 기본적인 수준에서만 조사하고 끝냈다.

"그건…… 그런데……."

"그러니 제가 홍혜인 씨를 변론하는 게 문제 될 건 없지요."

그 말이 맞지만 홍혜인은 떨떠름한 표정이 되었다.

그러나 잠시 후 노형진이 입을 열자, 그녀는 노형진을 고용할 수밖에 없다는 사실을 뼈저리게 느껴야 했다.

"그래서, 우발적인 살인이었나요?"

"네?"

"오선하 말입니다. 차진광이 죽인 거죠? 아마도 우발적 살인인 것 같은데. 아닌가요?"

홍혜인의 눈빛이 파르르 떨렸다.

그럴 수밖에 없었다.

지금까지 누구에게도 진실을 말하지 않았다. 심지어 그만둔 변호사에게도.

그런데 노형진은 마치 다 안다는 듯 웃으면서 진실을 이야기하고 있었다.

"차진광이 죽이고 홍혜인 씨에게 시신을 나르게 한 거 아닌가요?"

"그걸 어떻게……?"

"흥신소를 찾았습니다. 오선하 씨가 차진광 씨에게 붙여 놨더군요."

홍혜인은 입술을 깨물었다.

자신들이 있던 곳을 어떻게 찾았나 했다. 그런데 흥신소라니.

"최대한 변론해 드리지요. 어떻게 하시겠습니까? 뭐, 똑똑하셔서 아시겠지만, 저쪽은 이미 답을 정해 두고 거기에 상황을 맞추고 있습니다."

노형진의 말에 홍혜인은 결국 마음을 굳혔다.

"사실은……."

사건이 벌어진 그날, 그녀와 차진광은 밀회를 가지기 위해 별장으로 향했다.

언제나 그런 식으로 몰래 만나서 관계를 가졌기에 그날도 별문제가 없을 거라 생각했다.

"그런데 그날 오선하가 그곳을 찾아왔어요."

갑자기 별장으로 들이닥친 오선하.

그녀는 차진광에게 극도로 분노하면서 그의 뺨을 때렸다고 한다.

"홍혜인 씨가 아니라 차진광 씨에게요?"

"네."
"진짜인가요?"
"그게 중요한가요?"
"중요합니다. 불륜 사건에서, 피해자의 공격 대상을 보면 그 사람이 지키고자 하는 게 무엇인지 알 수 있거든요.."
"그게 무슨 말이죠?"
"일반적으로 젊은 여성들은 불륜을 알게 되면 불륜녀를 먼저 공격하지요."
가정을 보호하려고 하는 본능이 있기 때문이다.
하지만 이후 나이를 먹으면, 바람을 피운 남편에게 분노를 쏟아 낸다.
아이들이 성장해서 분가하는 등 보호할 가정의 가치가 상실되었기 때문이다.
그래서 남자는 여자가 바람을 피우는 경우 정반대로 행동한다.
젊어서는 아내에게 화를 내지만, 늙어서는 상대 남자에게 분노를 퍼붓는다.
즉, 늙고 병들어 가면서 자신을 케어해 줄 아내를 붙잡고 싶어 하는 감정이 그렇게 표현되는 거다.
"오선하 씨는 젊은 여성입니다. 그런 경우라면 홍혜인 씨에게 분노하는 게 맞을 겁니다."
하지만 오선하는 차진광에게 달려들었다고 했다.

그 경우 답은 하나뿐이다.

차진광과의 관계를 끝내려고 한 것.

“하긴, 차진광의 성격을 안다면, 어떻게 부면 홍혜인 씨도 피해자라고 생각했을 수도 있을 테니까요.”

드물지만 실제로 있는 경우다.

보통 남자가 지속적으로 바람을 피우는 경우, 그것도 여러 여자를 대상으로 바람을 피우는 경우에 그런 반응이 나온다.

자신도 피해자이지만 상대방 여자 역시 그런 피해자라고 생각하는 것이다.

“네?”

홍혜인의 눈이 커졌다.

그런 가능성은 생각해 보지 못했으니까.

“차진광이 설마 진짜로 홍혜인 씨에게 진심을 다한 거라고 생각하셨습니까? 지금 상황을 보면 대충 아실 텐데.”

노형진의 말에 홍혜인은 고개를 숙이고 훌쩍거리기 시작했다.

사실 어느 정도는 알고 있었다. 하지만 그가 주는 막대한 이득에 눈이 멀어 그가 자신을 사랑한다고 애써 믿으려고 했었다.

그러나 상황이 이렇게 되고 나니 자신이 얼마나 멍청했는지, 과거의 자신을 저주하고 싶은 마음뿐이었다.

“그래서 어떻게 된 건가요?”

"저는 꼼짝도 못 했어요."

어찌 되었건 불륜녀라는 꼬리표가 있다 보니 오선하가 달려왔을 때 얼어붙었다고 한다.

"그러다가 진광 씨, 아니 차진광 그 새끼가 결국 터졌죠."

"터졌다?"

"네, 오선하 씨를 밀어서 쓰러트리고 발길질을 하기 시작했어요."

"발길질을요?"

노형진은 사실 그 부분이 궁금했다.

어지간한 경우가 아니라면 아무리 우발적이라고 해도 살인까지는 가지 않는다.

더군다나 자신의 아내가 아닌가?

"그때 뭐라고 하던가요?"

"모르겠어요. 저도 얼어붙어 있어서……."

숨어서 오들오들 떠는 것 말고는 그녀가 할 수 있는 건 없었다.

자신이 죄인이라는 사실을 그녀는 그제야 알았다고 한다.

"그러다가 오선하 씨가 하혈을……."

"잠깐만, 하혈이라고요? 지금 하혈이라고 했습니까?"

"네."

노형진의 얼굴이 딱딱하게 굳었다.

물론 하혈이라는 것은 여러 가지 이유로 할 수가 있다.

장이 상했을 수도 있고, 여성이니까 생리 기간이었을 수도 있다.

하지만…….

"그걸 보고 오선하 씨가 눈이 돌아갔어요."

"끄응."

여성의 하혈. 그것도 유부녀의 하혈.

그건 상황에 따라 심각한 문제를 뜻할 수도 있다.

더군다나 단순히 자기가 아파서 하는 하혈이었다면 오선하가 그렇게 눈이 돌아갔을 리가 없다.

"마침 싱크대에 있던 칼을 들고 달려들었어요."

"칼을 들고 달려들었다……."

남편에게 맞아 하혈을 한 아내가 분노를 이기지 못해 칼을 들고 달려들 만한 일. 그게 무엇일까?

"임신했었나 보군요."

그리고 차진광과 벌어진 몸싸움.

아무리 화가 났다고 해도 오선하는 여자고 상대방인 차진광은 남자다.

더군다나 이미 한참 동안 두들겨 맞은 그녀에게 차진광을 제압할 만한 힘이 있었을 리가 없다.

결국 차진광에게 칼을 빼앗겼고…….

"차진광이 칼로 오선하의 배를 찔렀어요."

"휴우."

홍혜인의 입에서 나온 진실. 그건 무겁기 그지없었다.
"왜 신고하지 않은 겁니까?"
"하려고 했어요."
아무리 홍혜인이라고 해도 살인범과 같이 살 생각은 없었으니까.
당연히 신고하려고 했다.
하지만 방금 오선하를 죽인 칼의 방향은 자연스럽게 홍혜인에게로 향했다.
"죽고 싶지 않으면 시키는 대로 하라고 했어요."
나는 백운주류 사람이다, 이미 한 명 죽였는데 한 명 더 죽이는 게 어려울 것 같냐? 어차피 여기에는 너와 나뿐이다.
'실제로 그게 가능하고.'
자신의 살인을 감추기 위해 증인을 죽이는 경우는 상당히 많다.
"그리고 그 후에……."
그 후는 노형진의 추측대로였다.
차진광은 홍혜인의 차량을 이용해서 시신을 나르게 했다.
그리고 너도 이제 공범이라면서, 신고하면 같이 죽는 거라고 협박했다는 것.
"그렇다고 정말 신고를 하지 않았다고요?"
"백운주류잖아요. 뉴스만 봐도……."
"끄응……."

노형진은 혀를 끌끌 찼다.

백운주류는 그녀가 보기에는 준재벌가다.

그런 곳에서 사람을 죽이는 건 그다지 어려운 일도 아니라고 생각했을 것이다.

물론 모든 사업가들이 그러진 않는다.

하지만 바로 눈앞에서 자기 아내를 죽이는 모습을 본 후에 이루어진 죽이겠다는 협박이 과연 빈말로 들렸을까?

"그러면 현장 정리는 누가 했습니까?"

"모르겠어요. 그 이후에 거기에 가지 않았으니까."

노형진은 그 말을 심각하게 받아들였다.

홍혜인이 가지 않았다면 다른 누군가가 추후에 거기를 치웠다는 거다.

차진광이 그렇게 청소했을 가능성은 높지 않다.

무엇보다, 차진광이 피를 닦을 때는 염소 계열 표백제를 써야 한다는 것까지 알 가능성은 높아 보이지 않았다.

당연히 집에서 청소도 가정부를 시킬 테니까.

'결국 백운주류에서 끼어들었을 가능성이 크군.'

노형진은 턱을 만지작거리면서 눈을 찌푸렸다.

확실히 의심스러운 상황이기는 하다.

"그러면 시신은 어디다 버렸습니까?"

경찰이 그렇게 열심히 수색하고 있는데도 여전히 발견되지 않은 시신.

그걸 찾을 수 있다면 사건도 뒤집을 수 있다.

"산에다 묻었어요."

"산에요?"

"네. 차진광의 선산에……."

"미친놈."

하지만 확실히 시신을 찾지 못할 가능성이 큰 곳이기는 하다.

선산은 사유지인지라 수색영장이 없으면 들어갈 수가 없으니까.

"알겠습니다. 정확한 위치를 말씀해 주시면 제가 찾아보도록 하지요."

"그러면 저는 어떻게 되는 건가요?"

"일단 살인죄는 면해야지요."

아마도 저쪽은 홍혜인에게 살인죄를 뒤집어씌우려고 할 것이다.

그래야 나중에 자신들이 확실하게 벗어날 수 있으니까.

"그걸 먼저 깬 후에 다시 이야기합시다."

당장 중요한 것은 시신을 찾는 것이니까.

"일단은 거기로 가 보겠습니다."

노형진은 왠지 마음이 다급해졌다.

진실을 감추는 자들

영장이 없으면 산에 들어가지 못한다.

하지만 그건 어디까지나 경찰의 이야기다.

사유지고 선산이라고 하지만, 노형진은 차진광이 진짜 조상의 무덤이 있는 곳에 시신을 묻지는 않았을 거라고 생각했다.

조상들의 무덤을 관리하는 묘지기가 있을 테니, 새로 땅을 판 흔적도 알아차릴 가능성이 크기 때문이다.

그래서 선택한 곳은 그 무덤들의 정반대, 즉 산의 반대쪽이었다.

거기도 선산이기는 하지만 거의 버려진 땅이었으니까.

그곳으로 몰래 들어간 노형진이 정확한 위치를 찾는 건 어렵지 않았다.

개인의 땅이라지만 딱히 철조망 같은 걸로 막아 둔 것도 아니고 관리인은 무덤이 있는 쪽만 돌아다니면서 관리하니까.

하지만 그곳에 도착했을 때 노형진은 입술을 깨물 수밖에 없었다.

“없어.”

“왜 없지?”

오광훈은 주변을 두리번거리며 물었다.

“혹시 잘못 안 거 아니야? 아니면 엉뚱한 곳으로 왔거나.”

“그럴 가능성은 낮아 보이는데.”

분명 홍혜인은 확실하게 말했다.

세모난 바위가 있는 곳에서 좀 떨어진 장소에 있는, 죽어서 하얀색으로 변한 나무 아래라고.

그런데 없었다.

“홍혜인 그 여자가 거짓말을 했을 가능성은?”

“제로. 자기도 살아야 하니까.”

물론 그것만 가지고 가능성이 제로라고 말하는 것은 아니다.

노형진은 그녀의 기억을 읽었다.

그러니 그녀가 거짓말하지 않았다는 걸 안다.

“흠…….”

오광훈은 잠깐 고민하더니 갑자기 발로 툭툭 땅을 차면서 다니기 시작했다.

“뭐 해?”

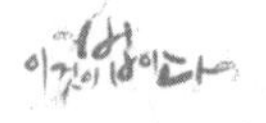

"잠깐 기다려 봐."

그렇게 한 10분을 주변을 뱅뱅 돌던 오광훈은 노형진에게 손짓했다.

"여기야. 분명해."

"응?"

"바닥을 차 봐. 느낌이 다를 거야."

"빈 공간이 있는 것도 아니고 무슨…… 응?"

확실히 느낌이 달랐다. 뭔가 쑥 들어가는 느낌이랄까?

"걸을 때는 느낌이 잘 안 나. 용의주도하게 낙엽으로 덮어 놨네."

낙엽을 치우자 그 아래 드러난 땅은 주변과 색이 많이 달랐다.

한번 파헤쳐진 곳이라는 의미다.

"시신을 빼돌렸군."

노형진은 바로 알아차렸다.

그들은 홍혜인에게 죄를 뒤집어씌우기로 결정한 상황이다.

그걸 알게 된 홍혜인은 어떻게 나올까?

당연히 진실을 말할 것이다.

그러면 가장 먼저 나올 것은 무조건 이 시신의 위치다.

"시신을 옮겼다 이거군."

"그러네."

시체가 없으면 살인도 없는 법이니까.

"검찰 쪽으로 손쓸까?"

"그건 무리일걸. 담당 검사가 너잖아."

이번 사건의 담당은 오광훈이다.

그가 자기가 담당하겠다고 확실하게 말했고, 검찰 내부에서도 그것에 대해 문제 삼지 않았다.

"전처럼 나를 잘라 내려나?"

"그게 가능하겠니?"

다른 사람도 아닌 부부장검사다.

평검사일 때야 그게 가능하겠지만, 부부장검사 정도 되면 절대 쉽지 않다.

"더군다나 그쪽은 이미 네가 우리랑 관련이 있다는 걸 알아."

그러니 섣불리 건드려서 전면전으로 가는 것은 피하고 싶어 할 가능성이 높다.

지금의 검찰은 과거에 비하면 엄청나게 정화된 상태라서 그런 뻔한 수작질이 쉽게 먹히지 않는다.

"차진광 쪽에서 상당히 손을 잘 썼네."

노형진은 턱을 문지르면서 말했다.

그쪽은 홍혜인에게 죄를 뒤집어씌우기로 결정하고 차근차근 그렇게 나아가고 있었다.

"시신을 어디로 치운 걸까?"

"아마도 다른 곳에 묻어 놨을 거야. 살인이 전문인 놈들이 한 짓은 아닐 테니까."

사실 킬러도 아닌데 그런 조직을 운영한다면 그게 이상한 것이긴 하다.

백운주류가 아무리 막장이라고 해도 킬러 조직을 키우지는 않을 것이다.

"아마도 충성파가 대신 일을 처리하겠지."

노형진은 파헤쳐진 땅을 보면서 고민하다가 말했다.

"작전을 바꾸자."

"뭐? 어떻게?"

"네가 사건에서 물러나는 거야."

"응? 그게 무슨 소리야? 내가 왜?"

"솔직히 네가 공격한다고 해도 그놈들이 판사한테 수작 부려 놨을 거 아냐?"

오광훈에게 수작을 부릴 수가 없으니 판사에게 수작 부리는 건 당연한 일.

"탄핵 사건 이후에 많이 깨끗해지지 않았어?"

"그건 그래. 하지만 그건 상대적인 거야."

부패한 놈들이 살아남아 있다면 그들은 이전보다 돈을 더 많이 벌 수밖에 없는 상황이다.

그들에게 부패한 사건을 전담해서 처리시킬 테고, 거기에서 사건을 뒤집으려고 할 테니까.

"그러면 어쩌지?"

"어쩌긴."

노형진은 어깨를 으쓱했다.
“정석대로 해야지.”
“정석?”
“시체가 없으면 살인도 없다.”
그래서 그들은 시신을 감췄다.
“그건 이쪽도 마찬가지 아니야?”

오광훈은 돌아가서 바로 담당 검사직에서 사퇴했다.
자신이 피고인 측 변호인과 친밀하기에 사건을 담당하는 것은 불공정 재판의 가능성이 있다는 이유에서였다.
실제로 그러한 이유로 담당 검사의 변경이 가능하기에 재판부에서는 받아들였고, 얼마 후 새로운 검사가 배정되어서 재판에 들어갔다.
‘아마도 오광훈이 물러날 때만 해도 백운주류에서는 좋아했겠지. 기회가 왔다고 말이야.’
아마도 이게 웬 떡이냐 하고 집어삼켰을 것이다.
그 떡에 독이 들어 있는지도 모르고 말이다.
“피고인 홍혜인은 피해자 오선하를 살인한 것으로 추정되는 자로서…….”
그렇게 공격이 시작되었고, 노형진은 그 말을 조용히 듣고

만 있었다.

새로 배정된 검사는 피해자 오선하의 혈흔과 기타 정보를 가지고 홍혜인을 살인으로 기소했다.

물론 예상한 일이었다.

그러나 노형진은 이 재판을 오래 할 생각이 없었다.

이긴다 진다의 개념이 아니었다.

"친애하는 재판장님."

검사의 기소가 끝난 후에 노형진은 변론을 위해 일어났다.

"피고인 홍혜인의 전 차량에서 오선하의 피가 발견된 것은 사실입니다. 그러나 검찰의 주장에는 큰 문제가 있습니다. 피고인 오선하가 죽었다는 증거가 없지 않습니까?"

"현장에서 발견된 혈액의 위치로 봤을 때 피고인의 차량에 오선하가 복부에 자상을 입은 상태로 들어갔을 가능성이 높습니다."

"자상을 입었다는 건 어떻게 증명하지요? 시신이 있나요?"

"그건……."

"그리고 피해자 오선하는 수년에 걸쳐서 다수의 가출을 한 전력이 있는 사람입니다. 저희가 얻은 기록에 따르면 오선하가 결혼 이후에 가출한 전력만 일곱 번입니다."

그녀의 입장에서는 하루가 멀다 하고 바람을 피우고 여자를 바꾸는 차진광 때문에 속에서 천불이 났을 테니까.

"그녀의 시신을 찾지 못한 것뿐입니다. 하지만 그 흔적은…….”

“혈액이 오선하의 것은 맞습니다. 그렇지만 그게 사망을 증명할 정도는 아닙니다.”

“차량의 트렁크에서 발견된 얼룩이 있지 않습니까?”

“얼룩이 있다고 해서 그 얼룩이 피로 인한 것이라는 증명은 불가능하지요.”

실제로 그 안에서 발견된 피는 삼각대 보관 케이스에서 나온 게 전부다.

나머지는 모두 청소되었다.

“국과수의 조사 결과, 해당 얼룩은 염소계 표백제로 생성된 것임이 입증되었습니다.”

“그러니까 염소계 표백제로 생긴 얼룩이지 않습니까? 피고인인 홍혜인 씨가 청소하다가 쏟았을 수도 있는 것이고요.”

“염소계 표백제를요?”

“아니라는 증거 있습니까? 그리고 락스는 청소에 쓸 수도 있지요. 집집마다 락스 한 통 없는 집이 어디 있습니까?”

“하지만 염소계 표백제는 피 등의 흔적을 지울 때 사용합니다.”

“피와 같은 흔적을 지울 때 사용하는 게 아니라, 단백질로 이루어진 찌든 때를 지우는 제품입니다. 락스가 단백질을 분해하는 데 효과적이거든요. 피에도 단백질이 포함되어 있으니 지우기 수월한 것일 뿐, 락스를 사용했으므로 무조건 피를 제거한 것이라는 주장은 논리적으로 성립될 수 없습니다."

'A는 B다. 그러나 B는 A가 아니다.'라는 것은 사실 흔한 말이다.

"물론 주방이나 화장실이라면 그렇지요. 하지만 차량 트렁크에 단백질성의 오염이 발생할 가능성이 얼마나 됩니까?"

"그건 인정합니다. 하지만 그 흔적이 있다는 것만으로 거기에서 살인이 벌어졌다는 증거가 될 수는 없습니다. 재판장님, 락스는 탈취에도 효과적이라는 점을 잊지 말아 주십시오. 단백질성의 오염이 아니라고 해도, 김치 국물 등의 탈취에도 락스는 쓸 수 있습니다. 그리고 트렁크에 김치 국물을 흘려 본 경험, 다들 한 번은 있지 않습니까?"

사실 노형진의 말대로 한국의 어지간한 가정에는 락스 한 통씩은 다 있으니, 그것만 가지고 살인을 따진다면 한국 가정은 대부분 살인을 의심받게 될 것이다.

"하지만 해당 차량에서는 오선하의 혈흔이 발견되었습니다."

"삼각대 보관함에 묻은 피만으로 사망을 확정할 수는 없습니다, 재판장님. 그리고 준비서면으로 보셨다시피 피고인 홍혜인이 그 차량을 판 지 무려 6개월이 지났습니다. 그사이에 다른 사람이 사용하면서 오선하를 죽였다고 볼 수도 있습니다."

듣고 있던 검사와 판사는 뜨악한 표정이 되었다.

그럴 수밖에 없는 게, 그렇게 되면 의심받는 것은 노형진의 의동생인 서세영이기 때문이다.

"피고인 측 변호인, 피고인 측 변호인의 의동생이 이번 사건의 당사자 아닙니까? 그렇게 들었는데요."

"그렇습니다. 정확하게 말씀드리자면 두 번째 주인입니다."

"그러면 방금 전 피고인 측 변호인의 발언으로 동생이 범인으로 의심된다는 것도 압니까?"

판사는 말도 안 된다는 듯 확실하게 되물었다.

노형진은 고개를 흔들었다.

"재판장님, 이번 사건에서 저는 의심스러운 부분을 발견했습니다."

"의심스러운 부분……?"

"그렇습니다. 해당 차량은 중고차 시장에 매각된 지 6개월이 지났습니다."

"그런데요?"

"그리고 해당 차량을 제가 의동생인 서세영 양에게 사 준 것은 3개월 전입니다."

"3개월 전? 그때 변호사가 사 줬다고요?"

"그렇습니다. 그렇다면 해당 차량은 무려 3개월 동안 중고차 시장에 방치되어 있었다는 뜻이 됩니다. 즉, 중고차 시장의 딜러 누구라도 그 차를 운전할 수 있었습니다."

그 말을 들은 검사는 얼굴이 핼쑥해졌다.

그 부분은 생각하지 못했으니까.

"아시다시피 해당 차량은 중고차로 등록되어 운영되었습

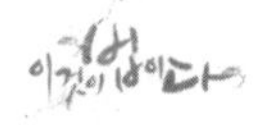

니다."

그리고 그 차를 팔 수 있는 것은 그 차량을 가진 중고차 업자만이 아니다.

정확하게 표현하자면 해당 차량을 다른 딜러가 매매한 경우 원래 그 차를 가진 딜러와 수익을 나누는 것이 중고차 시장의 일반적인 형태였다.

그럴 수밖에 없는 게, 자기 차량만 팔 수 있는 형태로 운영되는 경우 손님들이 취할 수 있는 선택지가 극도로 좁아지기 때문이다.

당연히 차량의 판매 가능성 역시 극도로 낮아질 수밖에 없다.

"그리고 일반적으로 손님이 왔다고 하면 해당 차량을 가진 회사는 주행이나 기타 테스트를 위해 키를 내줍니다."

손님 입장에서는 실내도 봐야 하고 보닛도 봐야 하고 트렁크도 봐야 하고 엔진의 시동도 걸어 봐야 하며, 차량에 관심이 있다면 시험 주행도 해 봐야 한다.

"무려 3개월입니다. 그사이에 누가 탔는지 알 수가 없는데 어째서 검찰은 피고인인 오선하와 제 의동생인 서세영 양에 대해서만 조사했는지 모르겠습니다."

"흠……."

판사는 확실히 납득한 표정이었다.

무려 3개월이다.

더군다나 자동차 키는 누구나 가지고 갈 수 있는 상태였다.

'그리고 내가 아는데, 거기에 키를 누구한테 줬다는 기록은 남지 않거든.'

정확하게는 전산으로는 남기지 않는다.

화이트보드에 키를 빌린 사람의 이름을 슥슥 써 놨다가, 돌려받으면 지우는 게 보통이기 때문이다.

"안 그렇습니까?"

변론이라는 건 단순히 법적으로 맞다 아니다의 문제가 아니다.

변호사가 합리적 의심을 제기하면 검찰은 그걸 증거를 통해 부정해야 한다.

"더군다나 중고차를 판매하는 사람들은 염소계 표백제를 이용하여 피 등을 제거하는 방법을 알 가능성이 높습니다. 아시다시피 그들은 차량 청소의 전문가들이니까요."

판매를 위해서는 당연히 상품인 차량의 상태가 좋아야 한다.

따라서 차가 들어오면 중고차 업자는 아주 꼼꼼하게 청소하고 광택을 낸다.

'아마 그때 아래쪽은 확인하지 않은 모양이지만.'

하지만 그들이 청소했다는 것, 그게 중요하다.

"그들이 청소하면서 흔적을 발견하지 못했으니 신고하지 않았을 겁니다. 반대로 말하면, 판매를 위한 청소와 광택 작업이 끝난 후에 그 흔적이 발생했을 가능성 역시 무시할 수 없습니다."

그럴듯한 말에 판사는 고개를 끄덕거렸다.

지금까지의 조사는 모두 홍혜인 위주로만 진행되어 왔다.

"하지만 피고인 홍혜인이 오선하를 죽였다는 어떠한 증거도 없지요. 심지어 오선하가 죽었다는 증거 자체도 없습니다."

거기다가 갑자기 확 늘어난 용의자들.

"친애하는 재판장님, 이러한 상황에서 피고인에게 살인의 죄가 적용될 수 있을까요?"

판사 역시 노형진의 말에 고개를 끄덕거리면서 순순히 상황을 인정했다.

"검찰 측, 추가로 제출할 증거 있습니까?"

"없습니다."

"그러면 사건은 여기서 끝내야 할 것 같군요."

판사의 말에 검사는 아무런 말도 하지 못했다.

"추후 사건을 재수사해서 올리세요."

"알겠습니다, 재판장님."

노형진은 주먹을 불끈 쥐었다.

⚖

증거 불충분. 형사재판에서 종종 나오는 판결이다.

정황상 의심스럽기는 하지만 그걸 입증할 수 없을 때 증거 불충분으로 풀려난다.

노형진은 그걸로 홍혜인을 꺼내는 데 성공했다.

"감사합니다. 감사합니다."

고개를 몇 번이나 숙여 가면서 고맙다는 인사를 하는 홍혜인.

하지만 노형진은 그런 그녀에게 무거운 목소리로 말했다.

"증거 불충분은 무죄가 아닙니다. 검찰에서는 다시 사건을 수사할 테고, 증거가 보충되면 다시 홍혜인 씨를 체포하려고 할 겁니다."

"……."

"홍혜인 씨가 오선하 씨를 죽이지 않았다는 건 압니다. 하지만 오선하 씨가 살해당했다는 사실을 오랫동안 감춰 왔다는 것도 사실이지요. 그에 대한 처벌은 피할 수 없을 겁니다."

물론 홍혜인이 원해서 그런 게 아니고 차진광의 협박에 못 이겨 그렇게 한 거라지만, 그렇다곤 해도 어느 정도의 벌은 피할 수가 없을 것이다.

"중요한 건 차진광이 오선하를 죽였다는 거죠."

"그런데 오빠, 차진광은 왜 오선하를 죽인 거야? 그동안 한두 번 바람피운 게 아니라면서."

옆에서 듣고 있던 서세영이 잘 모르겠다는 듯 물었다.

오선하는 모든 걸 알면서도 참아 왔다.

그런데 갑자기 왜 차진광에게 이혼하자고 덤벼들어서 결국 죽음에까지 이른 걸까?

"아마도 아이가 문제였을 거야."

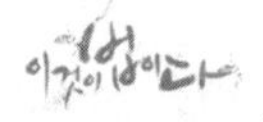

"아이?"

"그래. 이런 말이 있지. 여자는 약하지만 어머니는 강하다."

오선하가 차진광 집안의 돈을 노린 거라면 절대 이혼하자는 소리는 하지 않았을 것이다.

아마도 혼자일 때는 그래도 남편이라고, 어떻게 잘 설득해서 살아 보려고 했을 것이다.

"하지만 아이가 태어나면 어떻게 될 것 같아?"

"아이가 태어나면…… 잘 모르겠는데."

아직은 어린 서세영은 고개를 갸웃했다.

노형진은 대답해 줄 수 있었다.

회귀 전에는 아이가 있었으니까.

"부모에게는 아이가 잘 크는 게 최우선 조건이 되지, 돈 같은 게 문제가 아니라."

"으음……."

"그리고 아이는 부모를 보고 배운다고 하지. 무슨 뜻인지 알겠어?"

"아! 차진광이 좋은 아버지가 되지는 못한다는 거구나."

"그래. 보통은 아이들이 부모와 함께 있어야 잘 큰다고 생각하지. 하지만 현실을 보자면, 부모와 같이 있는 게 도리어 아이의 인생을 망가트리는 경우도 종종 있어."

엄마인 오선하를 무시하고 돈으로 여자를 갈아 치우는 차진광의 행동이 아이의 교육에 도움이 될 리 없을 것이다.

"여자는 약하지만 어머니는 강하다."

홍혜인은 충격을 받은 듯했다.

그리고 그 당시에 왜 오선하가 자신을 그냥 뒀는지도 알 수 있었다.

노형진의 말대로 그녀가 보기에는 자신 역시 피해자일 뿐이었던 것이다.

오선하 본인과 똑같은 '피해자'.

"그런데 차진광은 그녀를 쓰러트리고 배를 공격해서 하혈하게 했어. 그게 무슨 의미겠어?"

"유산?"

"그래. 세상에 아이를 잃은 어머니의 분노만 한 게 있을까?"

그 때문에 오선하는 칼을 들고 덤벼들었을 것이다.

"세상에 자기 애를 가진 여자를 공격한다고? 미친놈 아니야?"

"내가 봐서는 그래서 공격한 거야."

"뭐? 고의라고?"

"그래."

어차피 차진광은 이혼하고 싶어서 안달이 난 상태였다.

오선하가 먼저 이혼하자고 했다면 아마 쌍수를 들고 환영했을 것이다.

"한 가지 경우만 빼고 말이지."

"한 가지 경우?"

"그 아이가 차진광의 아이라면 유산 문제가 복잡해지거든."

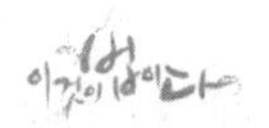

이혼과는 상관없이 무조건 양육비를 줘야 하는 데다가, 정당한 결혼을 통해 태어난 아이인 만큼 나중에 재산을 넘겨줘야 한다.

당연히 후계 문제가 복잡해질 수밖에 없는 게 사실.

"설마…… 그래서 공격한 거라고요?"

"솔직히 저는 그렇게 생각합니다."

노형진은 살짝 눈을 찡그리며 말했다.

"집요하게 배를 공격했다고 증언하시지 않았습니까?"

서세영의 말마따나 자기 애를 가진 사람을 그렇게 공격하는 사람은 없다.

더군다나 굳이 '배만' 공격할 이유도 없고.

"아마도 아이가 죽기를 바랐을 겁니다."

그래야 나중에 후계 문제가 깔끔해질 테니까.

"미친……."

자신이 만났던 사람이 그런 악마인 줄 몰랐던 홍혜인은 자신도 모르게 부르르 떨었다.

돈 때문에 그런 자를 만난 자신이 한순간 혐오스러울 정도였다.

"물론 제 추측일 뿐입니다. 하지만 지금 차진광과 백운주류의 행동을 보면 그 가능성이 엄청나게 높아지지요."

"도대체 왜 그러는 건지 모르겠다."

서세영은 이해가 안 간다는 표정이었다.

살인까지 하고, 그걸 감추기 위해 또 다른 거짓말을 한다니.

"돈은 사람의 감각을 마비시키지. 실제로 돈을 가진 사람은 공감 능력이 떨어지고 이기적으로 변한다는 연구 결과가 있고."

"오빠는 아니잖아?"

노형진은 고개를 흔들었다.

"사실 나도 많이 바뀌었어."

"많이 바뀌었다고?"

"그래. 나 스스로 바뀌는 걸 인지하지 못하면 그게 문제인 거지."

노형진도 과거에 비해 덤벼드는 사람에 대해 좀 과격하게 행동하는 경향이 생겼다.

물론 상대방이 범죄자이고 자기 이득을 위해 움직이기 때문도 있지만 말이다.

"과거에는 협상도 좀 하고 그랬는데, 지금은 협상하는 경우가 거의 없지."

조정을 통해 재판을 끝내기보다는 노형진 본인의 돈을 들여서라도 상대방을 몰락시키려 하게 되었다.

"하긴…… 좀 그런 면이 있기는 하네."

서세영도 이해가 간다는 듯 고개를 끄덕거렸다.

노형진이 나쁜 짓을 한다는 건 아니다.

하지만 상대방이 반성도 없다고 판단하면 무척이나 가차

없이 변한다.

나중에 가서 울고불고 가족들을 팔아먹어도, 노형진은 눈 하나 깜짝하지 않았다.

"뭐, 그게 나쁘다고는 생각하지 않지만."

어찌 되었건 상대방은 범죄자다.

반성한다면 모를까, 반성도 안 하는데 용서해 봐야 다른 피해자를 또 만들 뿐이다.

'악어의 눈물에 속기에는 이미 경험도 너무 많고.'

경험도 경험이거니와 노형진의 능력은 그들의 진실을 보게 해 주었다.

앞에서는 눈물을 흘리지만 뒤에서는 재수 없게 걸렸다고 생각하는 그들에게, 일말의 동정심도 생기지 않았다.

"그건 차진광도 마찬가지이고."

"그런데 차진광하고 백운주류는 어떻게 할 거야? 그냥 넘어갈 거야?"

"아니. 그럴 수는 없지. 어차피 증거 불충분이라는 건 무죄가 아니니까 우리도 어떻게 해서든 방어 준비를 해야 해."

증거 불충분은 말 그대로 증거가 부족할 뿐이라는 거다.

당연히 검찰 쪽에서는 증거를 추가해서 기소를 시도할 것이다.

그리고 증거 불충분은 일사부재리에도 해당되지 않기에 추가 기소하는 게 부담이 되지 않는다.

"그러면 저는 어떻게 해야 하나요? 그냥 제가 사실대로 말해야 하나요?"

노형진은 고개를 흔들었다.

"그렇게 해서 끝날 문제였다면 제가 이미 사실대로 말하라고 했을 겁니다. 하지만 그게 안 되니까 제가 말하지 말라고 한 겁니다."

살인을 봤다고 증언해 봐야 그걸 증명할 수 있는 방법이 없다.

현장은 청소되었고 시신은 사라졌다.

도리어 차진광은 홍혜인을 무고죄로 엮어서 감옥에 넣으려고 할 가능성이 높다.

"현실적으로 무고죄의 처벌이 약하기는 하지만, 그건 어디까지나 힘이 없는 사람들이 처벌을 요구했을 때의 이야기이고요."

현실적으로 홍혜인이 무고와 명예훼손으로 실형을 받을 경우 백운주류의 힘이라면 족히 2년 형은 나오게 할 수 있다.

"그리고 그 후에는요? 홍혜인 씨가 하는 모든 말은 의미가 없지요."

한 번 무고라고 판결이 나온 만큼 홍혜인이 아무리 진실을 말해 봐야 아무도 믿지 않을 테고, 도리어 그때 가서 또 처벌받을 가능성이 높다.

"그리고 이번에 제가 홍혜인 씨를 시체가 없다는 걸로 꺼

내지 않았습니까? 그건 차진광 역시 마찬가지입니다."

시신을 찾아내지 않는 이상 절대적으로 불리한 건 이쪽이다.

이미 노형진이 그들에게 피해자 프레임으로 기사가 나가도록 한 바람에 고소해 봐야 사람들이 믿지도 않을 테고 말이다.

"그러면 저는 어떻게 하죠? 증거가 보충되면……."

어찌 되었건 불리한 것은 이쪽이다.

차진광이 홍혜인과 같이 시신을 날랐다지만 홍혜인 혼자 한 것으로 조작할 수도 있으니까.

"걱정하지 마세요. 우리가 추적할 필요는 없습니다."

"네? 그게 무슨……?"

"우리가 추적하지 않아도 저쪽에서 추적할 겁니다. 진실이란 때로는 심각하게 부담스러운 것이거든요."

노형진은 미소를 지으며 말했다.

홍혜인은 감옥에서 나온 후에 여러 곳을 돌아다녔다.

그중 하나는 산부인과였다.

홍혜인은 오선하가 살던 동네뿐만 아니라 그녀의 동선 안에 있던 모든 산부인과를 찾아다니면서 그녀에 대해 알아보려고 노력했다.

"그리고 당연히 그 소식은 백운주류와 차진광에게 들어가겠지."

노형진은 진지하게 말했다.

오선하가 살던 동네는 결국 백운주류의 관리 구역 내다.

물론 시골에서 사업하면서 서울에 집을 두는 경우도 있기는 하지만 그건 보통 전국구 사업체의 경우이고, 백운주류는 지역 내 사업체이기 때문에 그 지역에 집이 있었다.

"그런데 그런다고 해서 사건이 해결되는 건 아니잖아. 너도 알다시피 시체가 없으면 살인도 없다고."

오광훈은 걱정스럽게 말했다.

그는 사건에서 물러나기는 했지만 아예 신경을 꺼 버린 상황은 아니었다.

"넌 뭐 나온 거 없어?"

"뭐, 대충 그쪽을 파 봤는데……."

다른 검사에게 기소를 맡겨 놨다지만 다른 쪽을 조사하는 건 어려운 일이 아니었다.

"일단 백운주류 쪽에서 이상행동은 안 보여."

"아무것도?"

"그래. 아무리 운영자라고 해도 주류 회사 전체를 사적으로 이용할 수는 없잖아."

"하긴, 그건 그렇지."

노형진은 알 것 같다는 표정이었다.

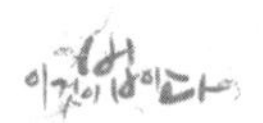

재벌이라고 하면 죄다 회사를 이용해서 살인도 불사할 것 같지만 사실 다 그런 건 아니다.

그들의 성정이 문제가 아니라 그들의 지분율이 문제다.

"백운주류를 운영하는 차씨 집안의 지분은 우호 지분을 포함해도 25%에서 30% 내외야."

"생각보다 높지는 않네."

"아무래도 한계가 있지."

대기업들에서 가장 많이 쓰는 방법은 다름 아닌 순환 출자.

A계열사가 B계열사의 주식을 가지고, B계열사는 C계열사의 주식을 가지며, C계열사는 A계열사의 주식을 가지는 식으로 핵심 계열사 하나만 쥐고 모든 걸 다 지배할 수 있는 구조.

그게 지금의 대한민국의 재벌이 있게 만든 원동력이었다.

"하지만 백운주류는 그게 안 되니까."

백운주류는 오로지 단 한 개의 회사만 있을 뿐 다른 계열사는 없다.

한국에서 주류 시장이 상당히 크고 또 소비가 많아서 그 덩치는 크지만, 동시에 단 하나만이 존재하기에 순환 출자로 지배 구조가 공고화되어 있지는 않았다.

"더군다나 백운주류를 운영하는 차씨 집안의 지분은 그다지 높지 않아."

"그러고 보니 백운주류를 지배하는 게 차진광의 아버지였지?"

"그래."

차진광의 아버지 차인효.

"우호 지분까지 포함해도 30% 정도인데 용케 자리를 지키네."

"딱히 실책이랄 게 없었으니까."

주류 회사의 특성상 이렇다 할 이슈가 있는 것도 아니다.

신제품이야 종종 나온다지만, 그 신제품이 성공한다는 보장은 없다.

사실 주류 회사의 신제품은 성공하는 게 쉽지 않다.

종종 대히트작이 나와서 순식간에 시장 전체의 판도가 바뀌기도 하지만 그런 경우는 10년에 한 번이나 있을까 말까 한 일.

'그리고 백운주류에 대해 그런 이야기는 들어 본 적이 없다.'

즉, 그들은 적당히 사람들 입맛에 맞는 술을 팔아서 버티는 타입이지 새로운 걸 개발해서 판매하는 그런 곳은 아니라는 거다.

그러니 우호 지분을 포함해서 30%라는 지분으로 버티고 있는 거다.

적대적 지분이 노릴 만한 이유도 없고, 반대로 중간 지분이 이탈할 이유도 없으니까.

"차진광과 백운주류 입장에서는 극도로 부담스러운 상황일 거야."

"그럴까?"

"그럴 수밖에 없지. 우호 지분 30%라는 건 상당히 부담스러운 거거든."

진실을 알고 있는 홍혜인이 풀려났다.

그것도 증거 불충분으로 말이다.

다른 걸 뒤집어씌우자니, 그녀가 딱히 뭘 하는 것도 아니다.

"이런 형태의 기업은, 고객이 한번 이탈하기 시작하면 순식간에 끝나거든."

대체재가 없는 것도 아니고, 그 대체재의 품질이나 맛이 상대적으로 떨어지는 것도 아니다.

"익숙함이라는 건 그런 거야."

문제가 없을 때는 사람들이 습관적으로 선택하겠지만, 일단 문제가 생기면 무서운 속도로 이탈해 버린다.

백운주류는 그런 사태를 막고 싶을 테고 말이다.

"그러니 우리가 그들을 흔들어야지."

"어떻게?"

"당연한 거 아냐?"

노형진은 씩 웃으며 말했다.

"우리에게는 언론이라는 게 있잖아, 후후후."

만일 홍혜인이 주변에 오선하의 임신과 죽음 그리고 차진광의 살인을 떠들고 다닌다면 명예훼손과 허위 사실 유포가 된다.

하지만 기자에게 이야기해서 기사화한다면?

"명예훼손이 되기 힘들지."

그건 단순히 헛소문의 유포가 아니라 제보에 들어가며, 제보의 경우는 당연히 제보자를 보호하기 때문이다.

"그렇게 되면 싸움의 대상은 홍혜인이 아니라 언론사와 기자가 되니까."

그러자 오광훈은 이해가 안 간다는 듯 물었다.

"아니, 그게 말이나 돼? 상식적으로 그렇잖아. 그걸 말하는 건 결국 홍혜인 아니야? 그런데 그놈들이 언론사를 상대로 싸움을 걸겠어?"

아무래도 체급 차이라는 게 있다.

언론사는 홍혜인과 다르게 체급이 되고, 어차피 내부에 법무 팀까지 있는 곳이다.

재판을 한다고 해도 수년간 끌 수 있으며 압력을 주기도 애매하다.

체급이 비슷하다면 유리한 것은 압도적으로 언론사니까.

심지어 노형진이 사주로 있는 코리아 타임라인이라면 체급은 더 크다.

"그들은 절대 홍혜인 씨를 고소 못 해."

"어째서?"

"아까 말했잖아, 언론사에서 그 사실을 보도한다고 해도 제보자 보호 조항 때문에 보호받는다고."

"그건 나도 아까 들었는데, 그걸 말한 게 홍혜인이라는 걸 백운주류하고 차진광이 모르겠냐고. 뻔히 알 텐데."

노형진은 피식하고 웃음을 날렸다.

확실히 알기는 알 것이다.

하지만 그럼에도 불구하고 그들은 저항하지 못한다.

"절대 못 해."

"어째서? 이미 홍혜인을 살인으로 기소하려고 했잖아. 물론 증거 불충분이 되었지만."

노형진은 고개를 끄덕거렸다.

현실적으로 그 점을 생각하면 특정해서 명예훼손 고소가 가능할지도 모른다.

"하지만 거기에는 논리적으로 맞지 않는 부분이 있지."

"어떤?"

"검찰도 홍혜인의 죄를 증명하지 못했어. 홍혜인이 의심스러운 것은, 오로지 그녀가 팔아 버린 차에서 발견된 피뿐이야."

"그런데?"

"그러니까 문제인 거야."

홍혜인이 살인을 저질렀다는 증거는 없었다. 그리고 증거 불충분으로 그녀는 풀려났다.

이후 언론에서 이 사건을 다룬다고 해도, 제보자가 무조건 홍혜인이라고 볼 수는 없다.

"그게 무슨 소리야?"

"언론에 제보할 사람은 나니까."

"너라고?"

"그래."

홍혜인이 노형진에게 진실을 말한 건 범죄가 될 수가 없다.

방어를 위해 한 것이니까.

"그리고 내가 그걸 언론에 제보하면? 그들은 홍혜인이 아니라 나한테 싸움을 걸어야겠지. 그런데 과연 그럴까?"

"하지만 모른 척하고 홍혜인에게 고소를 걸 수도 있잖아."

노형진은 고개를 흔들었다. 그건 불가능하니까.

홍혜인이 말했다는 증거는 어디에도 없다.

그걸 증명할 수 없다면 명예훼손은 성립되지 않는다.

"더군다나 공식적으로 홍혜인은 이 건에 대해 검찰에 진술한 적이 없어."

노형진만 그 사실을 들었고, 현장에 갔지만 이미 시신은 사라진 후였다.

그리고 방어할 때에도 시신을 발견하지 못한 부분과 3개월의 공백기를 언급했을 뿐, 차진광의 살인에 대해서는 입도 뻥끗하지 않았다.

"내가 몰라서 그걸 이야기하지 않았겠어?"

홍혜인이 한 적도 없는 말을 가지고 홍혜인을 허위 사실 유포로 고소한다는 것 자체가 그 현장에 홍혜인이 있었다는 증거가 되어 버린다.

"오? 그렇게 되는 건가?"

"그래, 그렇게 되는 거지."

노형진은 자신만만하게 말했다.

"아마 백운주류하고 차진광은 똥줄이 바짝바짝 탈걸."

코리아 타임라인은 한국에서도 공신력이 있는 곳 중 하나였다.

노형진이 기자들을 깐깐하게 모집하는 데다가 어설픈 우라까이도 하지 않는 곳이기 때문이다.

그래서 수익은 많이 내지 못하지만, 그 대신 국민들에게는 100% 믿을 수는 없어도 최소한 근거 없이 헛소리하는 곳은 아니라는 이미지였다.

그런 곳에 올라온 기사.

그 기사는 전 국민에게 빠르게 퍼져 나가기 시작했다.

안 그래도 얼마 전 백운주류에 관련된 뉴스가 한번 퍼져서 관심을 받고 있는 상황에서, 그 뉴스는 다시 한번 국민들에게 백운주류에 대한 관심을 환기시키는 원인이 되었다.

실종된 백운주류의 며느리인 오 모 씨가 살해당했다는 제보가 나왔다.

제보에 따르면 오 모 씨는 실종된 것이 아니라 살해당했으며, 그 이후에 산에 암매장된 것으로 드러났다.

해당 제보를 받은 후 본 기자는 그 사실을 입증하기를 요구했으며, 제보자는 해당 시신이 묻혀 있는 위치와 오 모 씨의 임신 사실을 추가로 알려 줬다.

본 기자가 제보된 산에 간 결과 해당 위치는 마치 누군가가 땅을 새로 판 것처럼 뒤집어져 있었고, 오 모 씨가 다니던 대형 산부인과를 통해 실제로 오 모 씨가 실종 당시에 임신 중이었음도 확인할 수 있었다.

공교로운 사실은 해당 산이 백운주류의 오너 소유의 선산이라는 것이다.

그곳은 산지기가 상시 관리하는 곳으로…….

그 기사를 본 차인효는 '쾅!' 하고 자신의 책상을 내리쳤다.

"이게 뭔 개 같은 경우야! 누구야? 어? 누가 이딴 제보를 한 거야! 아니, 뻔하지. 홍혜인 그 빌어먹을 년이겠지!"

"아빠, 그러니까 그년도 죽여 버리자니까."

"넌 입 좀 닥쳐! 도대체 일을 얼마나 키우려는 거야!"

정신 못 차리는 차진광에게 소리를 지른 차인효는 이를 빠드득 갈았다.

멍청한 놈이 부모 허락도 받지도 않고 혼인신고를 하는 바람에 이 지랄맞은 상황이 되었는데 아직도 정신 못 차리고 헛소리를 하고 있으니까.

"회장님, 하지만 홍혜인 같지는 않습니다."

"그게 무슨 말이야! 우리가 그년을 살인으로 신고한 거 잊었어?"

"그게…… 홍혜인은 그동안 계속 두문불출하고 있었습니다."

"전화기는 폼이야? 어? 전화기는 폼이냐고!"

제보하려고 맘만 먹으면 전화가 있으니 어렵지 않다.

"그게, 저희가 그동안 철저하게 감시해 왔습니다."

"그런데?"

"그런데 걸렸습니다."

"그게 무슨 소리야?"

"어젯밤에 국과수에서 홍혜인의 집을 털었습니다."

차인효는 어이가 없다는 표정이 되었다.

살인 사건이라도 나지 않은 이상에야 국과수에서 개인의 집을 털 이유는 하나뿐이니까.

"도청 장치가 걸렸다고?"

"그렇습니다. 어젯밤에 도청 장치가 걸렸습니다. 다급하게 감시하던 팀을 빼기는 했습니다만, 결국 탈출하지 못했습니다. 퇴로를 완전히 막고 있어서……. 아무래도 경찰의 추적은 피할 수 없을 것 같습니다."

"이런 미친 새끼들! 일을 어떻게 하는 거야!"
"죄송합니다."
"그런데 그 이전의 이상 현상도 몰랐다는 거야?"
"지속적으로 도청했습니다만 통화 자체가 없었습니다. 통화는 부모님과의 딱 한 통뿐이었습니다."
"밖에 나가지도 않았고?"
"그렇습니다."
"그러면 남은 건……."
"노형진 변호사입니다."
"노형진……."
차인효는 이를 빠드득 갈았다.
노형진이 그쪽에 붙었다는 사실을 들었을 때부터 일이 제대로 글러먹었다는 걸 알 수 있었다.
그런데 그 모든 걸 예상하고 퇴로를 차단하고 있었다니.
"어떻게 해서든 말 나오는 걸 막아!"
"그러면 노형진 변호사를 명예훼손으로 고소할까요?"
"미쳤어? 당연히 코리아 타임라인부터 고소해야 할 거 아냐!"
증거가 없는 이상 노형진을 건드릴 수는 없었다.
"젠장…… 일이 어떻게 꼬여 가는 거야?"
차인효는 심각한 고민에 빠졌지만 사태는 풀릴 기미를 보이지 않았다.

"주식 봐라."

노형진은 떨어지는 백운주류의 주가를 보면서 히죽 웃었다.

뉴스가 나간 후 백운주류의 주식은 가차 없이 떨어지고 있었다.

백운주류에서는 허위 사실에 대응한다고 발표하기는 했지만, 동시에 홍혜인을 감시하던 것이 발각되면서 이도 저도 못하는 상황이 되어 버렸다.

"오빠, 어떻게 안 거야?"

"감시? 당연한 거 아냐? 인간은 불안한 상황을 어떻게든 피하고 싶어 하니까."

최소한 사람을 붙일 테고, 최악의 경우 도청 장치를 이용할 것이다.

노형진은 그걸 예상했고, 역시나 도청 장치가 홍혜인의 집에서 발견되었다.

그리고 집을 감시하는 자의 경우 당연히 그 위치를 특정하는 건 어렵지 않았기에 그곳에 있던 백운주류의 사람들을 쉽게 찾아냈다.

"일단 도청 장치가 나온 이상 그들 입장에서는 홍혜인을 건드리지 못할 거야. 나도 못 건드릴 테고."

그리고 지금까지 얌전히 있던 지분이 슬슬 반기를 들기 시작할 것이다.

우호 지분이 30%뿐이라면, 이 정도 일이 터지면 당연히 반기를 드는 지분이 많을 수밖에 없다.

적대 지분이 아니라고 해도, 이 일을 무시하면 회사에 심각한 타격이 갈 것은 너무나 당연한 일이었으니까.

"도청 장치가 있을 걸 알았다고?"

"알았다기보다는, 가능성 정도였지."

다만 감시는 당연한 일이니 사람을 붙여서 그럴 만한 곳을 뒤졌는데, 어차피 새론은 도청 검사를 해 주는 업체와 계약되어 있기 때문에 그들에게 약간의 돈을 주고 검사를 부탁하는 건 어렵지 않았다.

애초에 사무실도 아니고 작은 투룸 정도면 그다지 검사가 힘든 것도 아니니 말이다.

"그냥 운이 좋았다고 해야 할까?"

그리고 검사를 통해 그 사실이 확실하게 드러나자 그들을 곱게 잡아서 경찰에 넘긴 것뿐이다.

"어찌 되었건 백운주류에서는 지금 똥줄이 탈 거야."

"하지만 죽었다고 뉴스가 나가고 있지만 백운주류나 차진광이 관련이 있다는 건 아니잖아."

뉴스 어디에도 백운주류 측에서 그녀를 죽였다는 이야기는 하지 않았다.

"물론 그렇지. 하지만 네가 생각해도 이상하지 않아? 생각해 봐. 오선하가 죽었어. 그런데 하필이면 왜 차씨 집안의 선산에 묻혔을까? 그게 과연 우연일까? 전국에는 수만 개의 산이 있어. 쓰지 않는 산, 버려진 땅, 국유지. 묻으려고 하면 굳이 거기까지 가지 않아도 얼마든지 묻을 수 있지."

노형진은 빙긋 웃으며 말했다.

"그리고 내가 여기서 자극한 건 국민들이 아니라 프로파일러야."

"프로파일러들?"

"그래, 이 모든 건 심리적인 문제가 있거든."

범인은 자신이 아는 곳에서 모든 걸 처리하려고 하는 경향이 있다.

그래야 자신이 통제할 수 있다고 믿기 때문이다.

완벽하게 새로운 곳에서 하면 어떤 변수가 발생할지 모르고 또 그 때문에 자신이 발각될 수 있다고 생각한다.

"그래서 실제로 시신을 유기할 때에는 자기가 통제할 수 있는 곳 또는 잘 아는 곳을 선택하지."

완전히 모르는 곳에 시신을 가져다 묻어 버리는 경우는 거의 없다. 왜냐하면 그곳이 재개발 예정지이거나 해서 바로 공사에라도 들어가게 되면 살인도 드러날 수밖에 없으니까.

"아하! 그러겠네. 그러면 자연스럽게 화살이 백운주류 일가로 향하겠구나."

"정답."

검찰에서는 이런 제보가 언론을 탄 이상 현장을 조사하지 않을 수가 없다.

그리고 그들에게는 노형진이 손대지 못하는 곳에도 손댈 수 있는 권한이 있다.

"어떤 곳?"

"CCTV 말이야."

"CCTV? 물론 그럴 수는 있는데, 그렇다고 해서 모든 게 해결될까? 사건은 벌써 6개월 전이잖아. 그런데 이제 와서 뭘 찾으려고?"

한국은 CCTV의 천국이다.

도시에서는 그 시선을 떠나서 이동하는 게 거의 불가능하다.

도심을 벗어난 곳이라고 해도 현실적으로 주요 분기점에는 CCTV가 있다.

미리 동선을 짜고 움직인다면 벗어날 수 있을지도 모르지만 갑작스럽게 움직여야 한다면 그 동선이 걸릴 수밖에 없다는 거다.

"세상이 발전하고, 대부분은 내비게이션을 쓰고 있으니까."

새로운 곳에 갈 때 요즘 지도를 쓰는 사람은 거의 없다.

그리고 지도든 내비게이션이든 방범용 CCTV의 위치는 표시되지 않는다.

"하지만 이미 오래된 사건이잖아."

법적으로 CCTV의 보관 기간은 30일, 즉 한 달이다.

한 달이 지나면 영상은 따로 요청이 들어오지 않는 이상 삭제된다.

"그래, 보통은 그렇지. 하지만 시신이 옮겨진 건 한 달이 안 되었을걸."

"응?"

"그렇잖아. 홍혜인을 버리기로 결정한 후 시신을 옮겼을 거 아냐."

"아!"

몇 달 전 시신을 묻으러 갈 때의 영상은 삭제되었을 것이다.

하지만 이후에 그 시신을 옮기기 위해 누군가는 갔을 테니, 그 영상은 아직 남아 있을 가능성이 크다.

"오! 그건 생각 못 했다."

"그리고 현장에 시체가 없다고 해서 그곳에 아무것도 없는 건 아니지."

시간이 지나면서 시신은 부패해 갔을 것이다.

당연히 일부는 묻힌 곳에 남았을 테니, 그곳의 흙을 검사하면 분명 유전자가 나올 것이다.

"그러면 대충 답 안 나오겠어?"

노형진은 자신 있게 말했다.

"그리고 그건 네가 할 일이지."

오광훈이 홍혜인의 기소에서 물러난 것은 변호하는 노형

진과의 관계 때문이다.

그런데 시신 유기의 경우는 그것과 상관없는 별개의 사건.

즉, 오광훈이 현장을 털어 버리는 데 아무런 문제도 없다는 것이다.

"아무래도 백운에서는 난리가 나겠는데?"

"아마 백운주류는 그쪽은 신경도 못 쓸 상황일 거야."

언론에서 이런 뉴스가 나간 이상 주주들이 흔들릴 것은 당연한 일이다.

요즘은 오너의 문제로 인해 회사에 큰 타격이 오는 오너 리스크가 심한 시대.

다른 것도 아닌 살인이라고 하면 그 리스크가 어마어마하게 클 수밖에 없다.

당연히 흔들리는 주주들을 붙잡아야 하니 그들은 다른 곳에 신경 쓸 여유가 없을 것이다.

"가라, 오광훈!"

"내가 무슨 주머니 쥐냐?"

오광훈은 그렇게 말하면서도 자리에서 일어났다.

남을 털어 버릴 때 가장 행복한 그였으니까.

⚖

현장의 위치가 드러난 이상 거기에 국과수를 파견하는 것은 어려운 일이 아니었다.

아니나 다를까, 그곳에서 실제로 유전자가 발견되었고, 국과수는 검사에 들어갔다.

그리고 현지의 CCTV를 조사한 결과, 의심스러운 차량이 한 대 발견되었다.

"이거 참 웃기지 않아?"

"뭐가 말입니까."

"그 도로 말이야. 원래는 없었다면서?"

"아, 그건 그렇지요."

선산으로 들어가는 도로.

원래는 거기에 도로 같은 건 없었다. 구불구불한 비포장 농업용 소로뿐이었다.

"그런데 그곳에 도로를 깔아 준 게 도청이더라고."

거기에 마을 같은 건 없다.

딱히 사람들이 살 만한 곳도 없고.

그럼에도 불구하고 아스팔트 도로를 깔아 준 도청.

이유는 간단하다.

백운주류의 선산에 들어가기 쉽게 해 주기 위해서였다.

쉽게 말해서 알아서 기어 준 것이다.

그리고 아무리 산속이라지만 도로가 있고 없고의 차이는 어마어마해서, 그렇게 도로가 있는 산의 경우 가치가 세 배 이상 뛰어 버린다.

"나름 머리 써서 백운주류에 충성을 바친 일이 도리어 백운주류의 목숨 줄을 조일 거라고 생각이나 했겠어?"

오광훈은 가죽 장갑을 끼면서 씨익 웃었다.

그렇게 도로를 깔아 주고 보안을 위해 CCTV까지 달아 줬는데 그게 이제 그들의 패착이 된 것이다.

"자, 이제 들어가자고."

"네, 검사님."

오광훈과 함께 일어나는 사람들.

그들이 일어나서 바라본 건물에는 '무궁화용역'이라는 간판이 붙어 있었다.

당연하게도 정상적인 용역 회사는 아니다.

"5층이라……. 뛰어내리지는 못하겠네."

오광훈은 느긋하게 위로 올라갔다.

이미 경찰들이 주변을 포위한 상황.

도망은 꿈도 못 꿀 것이다.

그렇게 다른 가게들을 지나서 올라가자, 무궁화용역이라는 간판이 붙어 있는 문이 나타났다.

오광훈은 그 문을 강하게 두들겼다.

"누구야?"

그러자 안쪽에서 남자의 목소리가 들렸다.

"배달입니다."

"아, 짱깨 왔나 보다. 누가 가서 문 좀 열어라."

"네, 형님."

가게 안에서 움직이는 소리가 들리더니 문이 열렸다.

벌컥 문을 연 남자는 짜증부터 냈다.

"이 새끼야, 빨리빨리 안 와? 시킨 게 언제인데! 너 지난번처럼 단무지 빼먹었으면 뒈진……다?"

문을 열었는데 보이는 건 배달부가 아니라 건장한 사내들.

오광훈은 남자를 향해 싱긋 웃으며 말했다.

"영장 배달 왔습니다."

"이런 씨발! 튀어!"

안쪽에서 도박하던 놈들은 다급하게 화투장을 뒤엎으며 도망가려다가 아차 싶었다.

도망갈 곳이 없다는 걸 알아차린 것이다.

"이런 씨발."

무려 5층, 뛰어내릴 수도 없는 높이였다.

"뛰어내리고 싶으면 뛰어내려. 물론 그로 인한 상해는 우리가 책임지지 않는다. 알지?"

"당신들 뭐야?"

"검찰. 그리고 경찰. 그리고 영장."

슬쩍 영장을 보여 주는 오광훈.

"뭘 어쩌려는 거야?"

"뭘 어쩌려는 거긴. 살인범을 체포하는 거지."

"살인범?"

"너희들을 오선하 씨 살인 혐의로 체포한다."

"자, 잠깐."

그들이 상황을 이해하고 다급하게 설명하려고 했지만, 경찰이 더 빨랐다.

"잡아!"

"체포해!"

사무실에서 대혼란이 벌어졌다.

⚖

–무궁화 파, 오선하 씨 살인 혐의로 체포

–영진시에서 활동하던 자칭 무궁화 파가 백운주류의 며느리인 오 모 씨의 살인 혐의로 긴급체포 되었습니다. 언론에 제보된 내용을 바탕으로 수사가 진행되었고 시신이 암매장된 곳에 최근 무궁화 파가 다녀갔다는 사실을 확인, 해당 조직에 대한 전격 체포 작전을 시행하였습니다. 무궁화 파는 조직원 열네 명의 소형 조직으로…….

언론에서는 무궁화 파를 범인으로 특정하고 당장이라도 잡아먹을 듯이 씹어 댔다.

그러나 당하는 무궁화 파 입장에서는 돌아 버릴 지경이었다.

"우리가 안 죽였다니까!"

"뭔 개소리를 하니? 이미 확인했거든!"

CCTV를 통해 무궁화 파의 차량을 특정하고 그 차량의 트렁크에서 유전자를 확인했다.

그리고 오광훈은 노형진의 말대로 대놓고 그들에게 살인죄를 뒤집어씌웠다.

"아놔, 미치겠네."

무궁화 파의 보스인 김강구는 돌아 버릴 지경이었다. 자신들이 살인했다고 누명을 뒤집어씌우는 게 너무 억울했으니까.

"백운주류에서는 뭐라는지 알아? 너희 다 죽여 버린단다."

피식 웃으면서 신문을 던져 주는 오광훈.

김강구의 눈앞에 대문짝만 하게 인쇄된 헤드라인이 보였다.

살인을 저지른 범인들은 엄벌에 처해야

그걸 본 김강구는 눈이 돌아갔다.

자신들에게 시신을 처분하라고 한 게 백운주류였으니까.

"장난합니까? 우리한테 그 시신을 처분하라고, 그놈들이 시켰다고요!"

"누가 그걸 믿어? 장난하니?"

"아니 진짜, 검사님, 저희 진짜 억울하거든요!"

다급하게 백운주류에서 시켰다고 주장하는 김강구.

신문에서는 백운주류에서 그들에게 사실상 보복을 천명했음을 알리고 있었다.

그 말은 그들을 살려 둘 생각이 없다는 거다.

무조건 말이다.

"알아."

"네?"

"안다고."

그런데 오광훈의 말은 상상을 초월했다.

"내가 몰라서 너희를 잡았겠니? 솔직히 홍혜인이 풀려난 상황에서 카드가 얼마나 남았겠냐?"

얼굴이 딱딱해지는 김강구. 그건 생각해 보지 못했으니까.

'그러고 보니 백운주류가 검사 하나 주무르지 못할 이유가 없잖아.'

어차피 조폭과 검찰은 상극이다.

오광훈이 아무리 스타 검사고 또 유명하다고 해도, 재벌가의 더러운 일을 해 주는 깡패들에게 있어서는 정부의 인정을 받은 합법적인 깡패 그 이상도 그 이하도 아니었다.

"넌 그냥 입 닥치고 있어. 결과는 이미 나와 있으니까."

"변호사! 변호사를 불러 주세요!"

애타게 외치는 김강구를 외면하며 오광훈은 자리에서 일어났다.

"네가 변호사랑 암만 아가리 털어 봐라, 답이 바뀌나."

그렇게 말하고 취조실 밖으로 나오니 노형진이 그를 기다리고 있었다.

"아무래도 바늘째 꼴딱 삼킨 것 같지?"
"당연하지. 저거 안절부절못하는 거 봐라."
노형진은 유리로 된 벽 너머의 김강구를 바라보면서 피식 웃었다.
"신문이 설마 가짜라고 생각하지는 못하겠지."
가짜 신문을 만드는 건 어려운 일이 아니다.
그래서 오광훈은 그렇게 제작한 가짜 신문을 이용해 김강구를 코너로 몰아붙였다.
그리고 김강구에게 자신이 부패 검사인 것처럼 행동했다.
물론 나중에 드러나도 문제는 없다.
상부에 제대로 보고하고 하는 일이니까.
"이런 수사 기법은 또 처음인데."
"언제까지 착한 놈 나쁜 놈 노릇만 할래? 시대가 바뀌면 수사 기법도 바뀌어야지."
"하긴 그렇다."
범죄 조직의 성향을 생각하면 분명 김강구는 자신을 보호할 카드를 보관하고 있을 것이다.
그러지 않으면 나중에 어떤 보복을 당할지 모르니까.
최악의 경우 청소당할 수도 있고 말이다.
그런데 오광훈이 그에게 접근해서 자료를 달라고 하면 김강구는 당연히 그걸 내주는 조건으로 자신의 처벌을 면하기 위한 협상을 하려 들 것이 뻔하다.

자료를 얻기 위해 협상을 하자니 범죄자를 풀어 주는 꼴이 되고, 협상을 안 하자니 확실한 증거가 없다.

"하지만 이런 경우는 이야기가 달라지지."

협상이 아니라, 이쪽에서 죄를 뒤집어씌우기 위해 작정하고 달려드는 상황.

그런 상황이라면 저쪽은 방어를 위해 뭐든 꺼내 들어야 한다.

"어설프게 협상을 통해 증거를 내 달라고 해 봐야 의미가 없거든."

법원에 제출한다? 그건 의미가 없다.

검찰에서도 작정하고 뒤집어씌우려고 덤벼드는데 법원이라고 믿을 수 있을까?

"저쪽 변호사는 우리 쪽 사람이 아닌 거 확실하지?"

"당연히 확실하지."

그리고 저쪽 변호사가 정상적인 변호사라면 이 문제를 해결하기 위해 다른 방법을 찾을 것이다.

"가령…… 인터넷 같은 거 말이지, 후후후."

–거기 가면 시신 있으니까 가서 치워, 깔끔하게.

–부장님, 그런 건 5천은 주셔야 합니다.

–5천이고 나발이고, 깔끔하게 치워.

-그런데 누군데요?

-너희가 언제부터 그딴 거 물었어?

-네, 네. 깔끔하게 공구리 쳐서 치우겠습니다.

김강구가 가지고 있던 증거는 다름 아닌 녹음 파일이었다.

그리고 그 녹음 파일에 등장한 것은 백운주류의 부장이었다.

김강구의 변호사는 자신들이 불리한 상황이고 재판부는 믿을 수 없다고 생각해서, 바로 그걸 기자회견과 함께 공개했다.

"보다시피 저희는 이번 사건에 관련해서, 시신을 옮긴 것은 인정하지만 살인은 인정할 수가 없습니다."

"그러면 이 시신을 어디로 옮겼는지 증언하실 수 있는 겁니까?"

고개를 끄덕거리는 변호사.

통화상으로는 공구리, 즉 콘크리트에 묻어서 물속으로 던진다고 했지만 사실 그건 쉽지 않다.

일단 배를 구하는 것도 힘들고, 나중에 문제가 생기면 뒤집어쓸 가능성도 존재한다.

"시신이 감춰진 곳은 이미 경찰에 고지했습니다. 현재 경찰은 해당 지역을 수색 중입니다."

정확하게는 이미 경찰은 시신을 발견하고 부검하기 위해 국과수에 보낸 상태였다.

그걸 알기에 변호사는 지금 기자회견을 한 것이다.

그래야 상대방, 즉 백운주류가 사건을 은닉하는 걸 막을 수 있을 테니까.

"그러면 살인한 건 누군지 모른다는 겁니까?"

"저희는 모릅니다. 하지만 생각해 보면 답이 나오지 않나요? 감히 누가 차씨 집안의 선산에 들어갈 생각을 하겠습니까?"

"야! 차인효! 안 나와?"

"이 새끼야! 나오라고!"

차인효는 집으로 몰려온 주주들을 보고 머리를 부여잡았다.

그동안 힘들게 이룩한 모든 게 무너지고 있었다.

이미 주주들이 모두 모여 그에 대한 소송을 이야기하고 있는 상황에서 그가 자리를 지킬 가능성은 당연히 없었다.

자신이 가진 주식만으로 지금의 자리를 지키기에는 부족했다.

모든 힘이 사라지고 있음을 안 차인효는 정신이 아득해졌다.

"아…… 아빠……."

차진광은 얼굴이 창백했다. 자신이 무슨 죄를 저질렀는지 알았기 때문이다.

"가서 자수해라."

"네?"

"가서 자수하라고!"

"하지만 아빠, 그러면 난? 어떻게 하라고?"

"안 그러면? 방법 있어?"

웃긴 일이지만 처음부터 차진광이 자수했다면 일이 이 지경이 되지는 않았을 것이다.

차진광은 살인죄로 처벌받았겠지만, 차인효가 슬쩍 힘써서 형량을 줄일 수는 있었을 것이다.

하지만 이제는 그마저도 불가능해졌다.

물론 차인효와 백운주류는, 살인과는 관계가 없다.

그러나 주주 입장에서는 회사의 힘을 이용해서 살인을 덮으려고 했다는 게 문제가 된다.

차라리 처음부터 차진광이 살인으로 자수했다면 엮이지 않았을 테지만 섣불리 그 사건을 덮으려다가 빼도 박도 못하게 엮여 버렸고, 차인효는 더 이상 힘쓸 수가 없었다.

"네가 자수한다면 최대한 손써 보마."

자수에 의한 감경은 생각보다 크다.

물론 살인으로 집행유예를 받을 수는 없지만, 그래도 자수에 의한 감경을 적용하면 1심에서 5년까지 깎고, 사람들의 관심이 줄어들었을 때 2심을 통해 3년까지 깎을 수 있다는 것이 담당 변호사의 판단이었다.

"……."

"그러니까 내가 계집을 만날 때는 조심하라고 하지 않았느냐?"

그렇게 말하며 눈을 찡그리는 차인효.

그런 아버지의 표정을 본 차진광은 아무 말도 하지 못했다.

사실 차진광이 금사빠, 즉 금방 사랑에 빠지는 사람이 된 것은 이러한 차인효의 차가운 태도 때문이었지만, 그 사실을 차인효가 알 턱이 없었다.

"가서 한 3년 동안 조용히 있다가 나와. 일단은 자리부터 지키고 있다가 나오면 회사 하나 마련해 줄 테니."

"……네."

"멍청한 것."

막 차인효가 차진광을 내보내려고 하는 그때, 비서가 조용히 들어왔다.

그리고 차인효에게 다가와 조용히 뭐라 말했다.

"뭐?"

"그게, 방금 방송에 나왔습니다."

"그게 무슨 말이야? 방송이라니?"

"홍혜인이라는 여자가……."

다급하게 TV를 켠 차인효.

그리고 방송을 보고는 얼굴이 딱딱하게 굳어지기 시작했다.

—그러니까 오선하 씨를 죽인 게 차진광 씨라는 건가요?

—네. 제가 그 당시에 같이 있었습니다. 차진광은 저에게 시신을 옮기지 않으면 죽여 버리겠다고 이야기했습니다. 그 이후에도 제가 신

고하면 죽여 버리겠다고, 감시는 물론이고 저를 도청하기도 했습니다.

–그러면 내연녀였다는 걸 인정하는 겁니까?

–인정하기에 제가 나온 겁니다. 오선하 씨만이 아니라, 다음번에 죽는 건 제가 될 수도 있으니까요.

–그러면 왜 차진광이 오선하 씨를 죽인 건가요? 그리고 오선하 씨가 임신하고 있었다는 건 알고 있었나요?

–차진광은 임신 사실을 알고 있었습니다. 그래서 집요하게 배를 공격해서 하혈을 하게 했습니다. 하혈이 시작되자 오선하 씨가 반격하려 했는데, 차진광이 칼로 그녀를 찔렀습니다.

방송에서 흘러나오는 증언.

홍혜인의 목소리를 들으면서 차인효는 얼굴이 창백하게 변했다.

그의 세계는 그렇게 무너지고 있었다.

⚖

서세영은 사건 기록을 보면서 눈을 찡그렸다.

"앞뒤가 안 맞는 느낌이네."

"뭐가?"

"아니, 오빠가 사건을 해결하기는 했는데 순서가 제멋대로잖아. 학교에서 배운 것하고는 너무 다르다고. 기승전결이 없잖아, 기승전결이.”

일단 시신을 숨긴 놈을 찾아내고 그들을 이용해서 증언을 이끌어 낸 뒤, 차진광과 차인효가 시신을 감췄다는 걸 증명하고 시신이 어디에 있는지 찾아내고 나서 살인을 드러냈다.

“그게 수업과 현실의 차이야. 대학 수업은 이미 종결된 사건이니까 처음부터 가르쳐 줄 수 있지만 현실은 아니지. 답은 범인 말고는 누구도 모르니까. 너도 알아 둬. 사건의 추적은 레이스가 아니야. 퍼즐이지.”

“퍼즐이라고?”

“하나씩 맞춰 가는 거지. 그게 뭐든 말이야.”

“하지만 그게 맞는 퍼즐인지 알 수가 없잖아? 진짜 퍼즐처럼 그림이 그려져 있는 것도 아니고.”

그건 그렇다.

노형진이야 자신의 능력이 있으니 알아보는 데 전혀 지장이 없다지만, 보통 사람들은 사건의 퍼즐을 맞추는 걸 어려워한다.

“그래서 필요한 게 바로 직관력과 통찰력이야. 거기서 변호사의 능력이 판가름 나는 거지.”

국영수를 잘하고 법을 달달 외우는 것은 실전에서 아무런 도움도 되지 않는다.

애초에 시험에서는 법전도, 판례도 참고하지 못하지만 실전에서는 무엇이든 살펴볼 수 있다. 대신 직관력과 통찰력으로 맞는 퍼즐을 신속하게 찾아야 적당한 대응책을 찾을 수 있다.

"너도 로스쿨에 가서 배우려면 제대로 해 봐. 그리고 전에도 말했지만 백민대학교로 가는 걸 추천한다."

"알아, 안다고. 그런데 그게 쉽나?"

백민대학교는 로스쿨에서도 최고로 소문났다.

심지어 로스쿨이라는 한정된 과정만으로는 한국대보다 상위 클래스라는 소리를 듣는다.

단순히 법을 배우는 과정인 다른 곳과 다르게 노형진이 말한 직관력과 통찰력을 배우는 곳이니까.

"뭐, 다른 데 가더라도 내가 열심히 가르쳐 주마."

"그건 좋네."

서세영은 피식 웃으면서 주머니에서 키를 꺼냈다.

"그런데 이거, 먼저 어떻게 안 되나?"

검찰에서 돌려받은 로망스의 키였다.

"아무래도…… 좀 찜찜하기는 하지?"

노형진은 자리에서 일어나며 말했다.

"그건 폐차하고 좋은 걸로 알아보자. 괜히 중고차로 팔면 다른 사람이 찜찜할 테니까."

"예스!"

"예스는 무슨."

노형진은 그렇게 말하며 피식 웃었다.

그에게 이런 평온한 하루하루는 참으로 소중했다.

사라진 아이

유괴 사건은 한국에서 종종 일어나는 일이다.

하지만 요즘은 그다지 일어나지 않는다.

일단 시대가 바뀌었고, CCTV가 사방에 있어서 유괴하는 게 쉽지 않기 때문이다.

그러나 이 세상에 아예 박멸이라는 것은 없었다.

"제발 저희 상희 좀 살려 주세요!"

가족들은 울부짖었다.

그러나 그런 가족들에게 카메라를 들이미는 잔인한 기자들.

"뭐든 다 드리겠습니다! 저희 상희 좀 살려 주세요! 제발 부탁드립니다!"

고개를 숙여서 비는 상희의 부모.

그 모습을 좀 떨어진 곳에서 보던 오광훈은 몸을 돌려 다른 수사관에게 물었다.

"현재까지 나온 선?"

"없습니다. 애석하게도 지금까지 증거가 나온 게 없습니다."

한상희, 열세 살.

그 아이가 납치당했다.

아이를 잃은 후 망연자실한 부모에게 도착한 것은 잘린 그 아이의 손가락이었다.

손가락에 점이 있었기에 그 아이의 손가락인 것은 확실했고 유전자 검사 결과도 맞았다.

그리고 아이의 손가락과 함께 도착한 한 장의 종이.

아이를 구하고 싶다면 20억을 현금으로 준비하라는 요구.

"도대체 어떻게……. 주변 인물에 대한 조사는 끝났어?"

"이미 조사가 끝났습니다. 하지만 납치할 만한 사람이 안 보입니다."

"원한 관계는?"

"원한 관계가 있는 사람들도 파고들고 있습니다만 다들 알리바이가 확실합니다."

"그게 말이나 돼? 무려 20억이야, 20억."

일반적으로 이처럼 돈을 노리는 납치범은 상대방에 대해 잘 아는 사람인 경우가 많다.

옛날에는 납치를 막는답시고 낯선 사람을 따라가지 말라

고 하는 사람들이 많았지만, 사실 유괴 사건들을 분석해 보면 낯선 사람보다 익숙한 사람이 범죄를 저지르는 비율이 더 높았다.

더군다나 그들이 요구한 돈은 무려 20억.

꽤 많은 돈이다.

"분명 주변 인물이야. 그렇지 않으면 그 금액이 나올 수가 없어."

20억. 그건 한상희의 가족의 전 재산 수준이다.

즉, 그들이 낼 수 있는 최대한의 금액을 설정했다는 거다.

"줄 수 있는 최대 금액을 설정했다는 건, 아무래도 범인이 이 가족에 대해 알고 있다는 소리겠지."

"그나저나 진짜 잔인한 놈들이네요. 처음부터 손가락을 잘라서 보내다니."

일반적으로 납치 대상의 사진이나 소지품을 보내서 자신들이 데리고 있음을 증명하고 돈을 요구하는 것이 유괴범들의 방식이다.

그러나 이번 유괴범은 다짜고짜 손가락부터 잘라서 보냈다.

"제대로 미친 놈이야."

오광훈은 이를 빠드득 갈면서 말했다.

"언론은 어떻게 할까요?"

"놔둬. 이미 알려진 이상 우리가 막는다고 해서 어떻게 할 수 있는 것도 아니고."

고개를 절레절레 흔드는 오광훈.

"전력을 다해서 추적해 봐. 그리고 확인해, 차량이 어디로 갔는지, 그리고 숨어서 갈아탄 건 아닌지, CCTV 다 살펴보고."

"네, 검사님."

"의심스러운 곳은 다 찾아봐."

오광훈은 입술을 깨물며 말했다.

"그놈은 찾으면 내가 직접 죽일 테니까."

"하아."

수십 번 수백 번 돌려 본 CCTV의 영상.

최후의 순간, 납치되는 그 장면에서 화면은 멈춰 있었다.

"어이, 오 검사!"

"왔냐?"

"어쩐 일이야, 도와 달라니?"

"너도 한상희 납치 사건 알지?"

"알지."

노형진은 검사 사무실로 들어가면서 당연하다는 듯 말했다.

방송에서 계속 언급하고 있으니까.

"뭐, 사이코패스 범죄자다, 아니 원한이다 말이 많더만."

"어느 쪽이든 말이지, 이거 해결 못 하면 우리가 뒈지게 생겼다.”

안 그래도 검찰의 이미지는 좋지 않다.

그런데 그런 상황에서 미성년자 납치 사건, 그것도 장애아 납치 사건을 제대로 해결하지 못하면 사람들이 검찰의 무능을 씹기에는 너무나 좋다.

“이게 그 당시 영상이야?”

노형진은 오광훈의 뒤로 다가가, 멈춰 있는 화면을 보면서 말했다.

그리고 그걸 다시 처음부터 재생했다.

“그래.”

한상희는 13세의, 지적장애를 가진 소녀였다.

그래서 어딜 가나 부모가 따라다녀야 했다.

납치된 그날 한상희의 어머니는 아이를 데리고 장애인 학교에서 나오고 있었다.

그리고 택시를 타기 위해 도로 쪽으로 나오는 순간, 승합차 한 대가 다가오더니 두 사람의 바로 뒤에서 멈춰 섰다.

그러나 한상희와 그녀의 어머니는 아무것도 모른 채 계속 앞으로 걸음을 옮겼고, 그사이 운전석에서 나온 범인은 한상희의 어머니에게 다가가 뭔가로 그녀의 머리를 후려쳤다.

그리고 그녀가 쓰러지자 범인은 한상희를 강제로 끌고 차에 태우고는 그대로 내달렸다.

힘겹게 일어난 어머니는 비틀거리면서 달려가는 차를 쫓

아가려고 했지만, 이미 가속이 붙어 있는 차를 따라갈 방법은 없었다.

"차량은?"

"대포차량이야."

"진짜 강원도 카지노를 다 망하게 할 수도 없고."

"강원도가 아니야."

"뭐?"

"하진홀딩이라고, 이미 망한 회사 거야."

회사가 망하면 그 소속된 물건들은 죄다 경매 처리되는 게 보통이지만 그 차량만은 어디로 갔는지 찾지 못해서 결국 포기했는데 여기서 갑자기 튀어나온 것이다.

노형진은 눈을 찌푸렸다.

"그러면 그 하진홀딩이라는 곳도 확인해 봤어?"

"이미 다 해 봤지."

하진홀딩은 망한 지 2년쯤 지났고 사장은 업무상배임과 횡령으로 감옥에 있다.

"그러면 직원들은?"

직원 중 누군가가 차를 가져가서 굴렸을 수도 있으니까.

"확인해 봤어. 그런데 직원들 중에도 가지고 간 사람은 없었어."

"자기 입으로 자기가 가져갔다고 하지는 않을 거 아냐?"

"그건 그런데, 직원들이 그걸 가지고 가서 뭐 하겠어? 너도 차 꼴을 보면 알겠지만…….”

“하긴, 가지고 가 봤자 몇 푼 받지도 못할 것 같긴 하네.”

범죄에 사용된 차량은 여기저기 녹이 나 있는 오래된 모델이었다.

족히 10년은 넘어 보이는 물건. 가지고 가 봐야 고철값이나 간신히 건질 거다.

“이런 물건 가지고 가 봐야, 몇 푼 건지지도 못하고 횡령으로 처벌받을 텐데.”

하물며 사장이 횡령으로 실형을 받아서 감옥에 가 있는 마당에 자기도 횡령하려고 하는 직원은 없었을 것이다.

“애초에 직원이라고 해 봐야 열두 명뿐이었고, 이제는 다들 다른 기업에서 근무하는 사람들이야. 피해자 측이랑은 아무런 상관도 없고.”

“채권자들은?”

채권을 상계하기 위해 가지고 가는 사람들이 있을 수 있으니까.

그러나 그 말에도 오광훈은 고개를 흔들었다.

“없어. 채권자들이 돈 받아 내려고 지랄했는데, 그때도 차는 없었어. 그리고 채권자들이 이 똥차를 받았다 해도 뭐 했겠냐? 팔아서 돈을 받으려고 했겠지.”

“하긴 그것도 그러네.”

그런 낡은 차를 대포차로 썼다가는 잘못하면 자신도 범죄에 엮일 수 있기에 요즘 채권자들은 그런 차에 관심을 가지지 않는다.

채권자들은 물건을 팔아서 그 돈을 나눠야 하는데, 차의 상태를 봐서는 많이 쳐줘 봐야 50만 원이나 나올까 말까 한 물건이라 팔아도 돈이 많이 회수되지도 않을 텐데 굳이 그걸 빼돌려서 뭐 하겠는가?

"더군다나 기록을 보면 지난 2년간 과속이나 불법 주정차로 딱지를 끊거나 단속된 적이 없어."

"완전히 버려진 차였다는 거네."

"맞아."

그런데 갑자기 다시 나타나서 납치 사건에 이용되었다.

"누가 그런 데 안 걸리게 조심스럽게 끌고 다녔나?"

오광훈은 짜증스럽게 말했지만 노형진은 고개를 흔들었다.

"그럴 리가 없지, 대포차가 좋은 이유가 뭔데."

불법 주차를 해도 과속 딱지를 떼도 결국 자택으로 오는 게 아니기 때문에 자신이 낼 이유가 없다.

그 때문에 그걸로 안전 운전하며 법을 다 지키는 놈은 없다.

"후우, 그런가?"

오광훈은 한숨을 쉬면서 눈을 찡그렸다.

"프로파일러들의 분석은?"

"원한으로 보인다고 하더라고."

길거리 한복판에서 애엄마의 뒤통수를 가격해서 쓰러트리

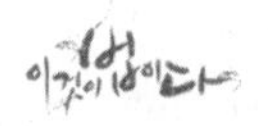

고 강제로 아이를 데리고 갔다.

그 행동에는 어떠한 주저함도 없었다.

"거기다가 손가락을 잘라서 보내? 웬만한 원한으로는 그렇게 못하지."

고개를 절레절레 흔드는 오광훈.

"나이는 40대 정도로 보이고 운동한, 체격 좋은 사람이래."

납치한 순간에는 얼굴도 마스크로 가리고 있었기 때문에 누구인지 알아볼 수조차 없었다.

"차량은 아직 못 찾은 거야? 한국에 CCTV가 몇 대인데."

"납치하고 나서 바로 막계동 쪽으로 내달렸어. 일단 수색 중인데……."

"막계동? 환장하겠네."

막계동은 서울 시내에서도 상당히 낙후된 지역이다.

어쩔 수가 없는 게, 그 지역에는 초대형 놀이동산이 자리 잡고 있기 때문에 사람들이 주거 공간으로 삼을 만한 곳이 별로 없다.

사람이 없으니 상권도 발달하지 않는다.

그리고 사람도 없고 상권도 없으니 당연히 CCTV 역시 별로 없다.

주변에 있는 거라고는 죄다 논과 밭뿐.

"아마도 그곳에서 다른 차량으로 갈아탄 것 같다는 느낌이 드는데."

"누군지 모르지만 확실히 준비해서 저지른 일이네."

노형진은 쓰게 웃었다.

"그럼 주변에 특별히 원한을 가진 사람들은? 그 가족들에게 말이야."

납치 사건의 원인은 대부분 원한, 특히 금전적 원한이 많다.

상대방에게 가진 금전적 원한을 그러한 납치를 통해 풀려고 하는 것이다.

"사업했던 사람이니 원한이 아예 없지는 않겠지. 하지만 그 정도로 심한 원한을 가진 사람은 없어."

원한이 있다고 해서 누구나 다 납치하고 살인하는 건 아니다.

그로 인해 자기 인생이 망가진다 해도 더 이상 무너질 데가 없을 때에나 그런 행동을 한다.

"제일 큰 손해를 본 사람이 한 3억쯤 잃었는데, 그 사람 재산이 한 30억쯤 돼. 빚은 없고."

"그러면 그 사람은 원한으로 범죄를 저지를 이유가 없겠네."

범죄를 저질렀다가 걸리면 모든 게 무너질 테니까.

"하지만 금액은 작아도 재기 불능인 사람이 있을 거 아냐?"

금전에 의한 원한은 총액이 아니라 저마다의 여유에 관한 기준으로 봐야 한다.

3억이 제일 큰 돈이지만, 단돈 천만 원이라도 피해자가 재기 불능이 된다면 그 원한은 엄청나게 커질 수밖에 없다.

노형진의 그런 질문에 오광훈은 고개를 흔들었다.

"사업에 쓴 자금이 대부분 은행이랑 친가 돈이야."

"은행하고 친가?"

"그래. 그 3억짜리 손해가 유일한 개인 거래 자금이고."

"그러면 딱히 원한이 생길 만한 곳이 없는데."

은행에서 유괴할 리는 없고, 세상에 자기 손녀를 납치하는 사람은 없다.

"혹시 직원 중에는?"

"딱히 없어. 월급을 좀 못 주기는 했는데 제일 큰 금액이 300만 원 정도야. 다들 다른 곳에 가서 이미 근무 중이고."

"다른 곳?"

"사업이 안되어서 망했거든."

"아하."

인터넷 홈쇼핑 사업을 시작했지만 제대로 되지 않아서 사업이 망한 후 재산을 정리하는 중이라고 했다.

당연히 일하던 사람들은 이미 다른 곳으로 이직한 상황.

그런 상황에서 월급 몇백만 원 못 받았다고 다짜고짜 아이를 유괴하는 간 큰 짓을 할 사람은 없다.

"어? 잠깐만. 그러면 상황이 이상해지는 거 아냐?"

월급을 주지 못할 정도로 사업이 망했다. 개인적으로 3억을 투자한 사람도 손해를 봤고.

친가 쪽도 손해를 봤고, 은행까지 그랬다면…….

"20억을 요구했다면서?"

"그래."

"돈이 어디 있어서?"

"피해자 가족들이 사는 아파트, 팔면 대략 20억쯤 나올 거야."

"그게 중요한 게 아닐 텐데."

노형진은 눈을 찡그릴 수밖에 없다.

만일 그런 상황이라면 답이 나오는 게 하나 있으니까.

"그 집, 팔 수나 있나? 은행에서 담보로 잡았을 것 같은데."

"그게 문제야. 누구인지 모르지만 그 집을 팔아서 돈을 내놓으라는 건데, 당장 집이 담보로 잡혀 있으니까."

팔 수도 없거니와, 판다고 해도 대금은 은행에서 먼저 가져가 버린다.

당연히 집을 팔아서 돈을 준다는 건 불가능하다.

"이런……."

범인이 누군지도 모르고 돈도 구할 수 없는 상황인 것이다.

"일단 사건을 수사하고 있기는 한데……."

주변 인물도 아니고 원한 관계를 특정하기도 힘들다.

"부자라는 소문에 납치한 걸까?"

오광훈의 말에 노형진은 고개를 흔들었다.

"그럴 리가 없지."

20억짜리 아파트라면 한상희 가족이 상당한 부촌에 사는 것이긴 하다.

사업이 망해서 빚이 많다지만, 그래도 절대 가난한 집안은 아니다.

"그 아파트 단지에 사는 사람들이 한두 명이 아니잖아. 죄다 부자일 텐데?"

"랜덤하게 한 거 아냐? 재수 없게 걸린 거고?"

"그런 거라면 손가락을 자르는 게 아니라 피해 아동의 물건 같은 걸 보냈겠지."

즉, 극단적으로 원한에 사무쳐 납치를 했다는 뜻이다.

"그래서 프로파일러들도 지금 갈피를 못 잡는 중이야."

"흠……."

노형진은 다시 한번 화면을 뚫어지게 바라보았다.

하지만 여전히 답은 보이지 않았다.

"일단 차를 찾아봐."

"너는?"

"나는…… 돈을 구해 봐야겠지. 시스템에는 피도 눈물도 없으니까."

20억. 절대 적은 돈이 아니다.

더군다나 아이의 생명을 위해 당장 그 돈이 필요한 부모 입장에서는 그야말로 간절할 수밖에 없는 돈이다.

하지만 노형진의 말대로 시스템은 피도 눈물도 없었다.

"죄송합니다만 저희가 어떻게 해 드릴 수가 없어요."

은행원은 미안한 듯 말했다.

"제발…… 제발 부탁드립니다. 아이를 구하게 해 주십시오."

"죄송해요. 이건 제가 결정할 문제가 아니라서……."

이미 담보로 잡혀 있는 아파트. 그렇기에 그걸 팔 수는 없는 상황.

"제발……."

한상희의 아버지인 한유소는 거의 빌다시피 애원했다.

그리고 기자들은 그런 사진을 찍어서 그날 뉴스로 내보냈다.

피도 눈물도 없는 자본주의

자본주의 인명 경시

자본은 어디까지 추락할 것인가

그 뉴스를 보면서 노형진은 혀를 끌끌 찼다.

"예상대로네."

은행 입장에서는 이걸 풀어 줄 수는 없는 노릇이다.

그렇다고 해서 자신들이 그 유괴범에게 돈을 줄 수도 없다.

사람들의 감정이야 어떻든 간에, 유괴범과는 협상하지 않는다는 것이 기본적인 규정이니까.

"당연히 피해자 입장에서는 돌아 버릴 일이고."

노형진은 혀를 끌끌 차며 말했다.

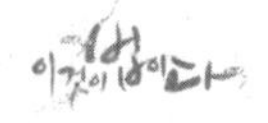

"20억이라……."

절대 작은 돈이 아니다.

"오빠가 내주려고?"

오랜만에 노형진의 집에 놀러 온 서세영이 궁금하다는 표정으로 물었다.

"그럴까 생각 중이다. 일단 사람이 먼저니까."

"그런데 은행도 비정하다. 진짜 사람 목숨 달렸는데."

"어쩔 수 없어. 은행은 사람이 아니라 시스템이거든."

인간의 감정이 중요한 게 아니라 손실에 대한 방어가 중요한 기업이다.

"더군다나 불쌍하다는 이유로 모든 압류를 풀어 줄 수는 없어. 너도 알겠지만, 압류가 들어가고 집안이 망할 정도가 되면 다 불쌍한 사람들이야."

하지만 은행은 그들의 미래를 걱정해 주지 않는다.

오로지 수익만이 우선이다.

"은행이란 존재는 사람이 아니니까 어쩔 수 없어."

물론 은행장이 결단을 내려 주면 되지 않냐고 할 수도 있겠지만…….

"그런 경우 손실은 은행장이 감당해야 하지."

하지만 그걸 감당할 은행장은 없다.

"그리고 그걸 풀어 준다고 해도 문제야. 무려 20억짜리 아파트라고. 그게 쉽게 팔릴 것 같아?"

"아…… 그러네."

6~7억짜리 아파트도 거래가 그다지 많지 않다.

하물며 20억짜리 아파트는 현실적으로 거래량이 너더욱 적을 수밖에 없다.

물론 마은아파트같이 재건축 호재를 노릴 만한 곳이라면 가능하겠지만, 애석하게 한유소가 가진 아파트는 신축 아파트라 재건축 호재도 없다.

"더군다나 무려 68평형이지."

사람들에게 인기가 좋은 평수는 28평 정도다.

넓어 봐야 34평 정도.

68평짜리는 살기는 좋지만 사실 판매하려고 하면 사려고 하는 사람들은 그다지 많지 않다.

"어떻게 은행에서 압류를 풀어 준다고 해도 팔기는 쉽지 않을 거야. 그렇다고 그걸 다시 담보 잡아서 돈을 빌릴 수는 없는 노릇이고."

결국 돈을 못 구할 거라는 건 예상한 일이다.

"그래서 인터넷에서 돈을 모으자는 이야기가 나오고 있구나?"

"벌써 그런 이야기가 나오고 있어?"

"응, 돈 못 구하면 애가 죽을 테니까."

"쯧쯧."

검찰의 이미지가 박살 난 건 알고 있었다.

하지만 이 정도로 박살이 났을 줄은 전혀 예상하지 못했다.

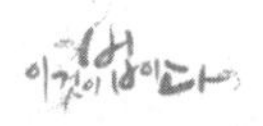

하긴 그동안 검찰에서 제대로 사건을 해결하는 걸 보여 준 적이 거의 없었으니까.

언론에서 나오는 검찰의 모습은 국민들을 때려잡는 모습이었지 사건을 해결하는 모습은 아니었다.

"아마 모금하는 쪽으로 방향이 잡히겠네."

"정부에서는 안 도와줄까?"

"안 도와줄 거야. 기본적으로 인질을 잡고 있는 인질범과는 협상하지 않는 게 원칙이니까."

한 번 그 원칙을 깨면 계속해서 그런 방법으로 돈을 벌려고 하는 놈들이 나타날 수밖에 없다.

"물론 피해자 가족들이 돈을 주면서 구하려 하는 건 어쩔 수 없지만."

노형진은 씁쓸하게 말하는 그때, 울리는 핸드폰.

노형진은 그걸 보고 자리에서 일어났다.

"어디 가?"

"차량, 발견되었다네. 가서 뭐든 찾아봐야지."

노형진은 돈을 주고 싶은 마음은 없었다.

당연히 그 범인을 놔주고 싶은 마음도 없고 말이다.

"내가 가서 어떻게든 범인을 찾아봐야지."

"오빠가 어떻게?"

눈을 동그랗게 뜨고 쳐다보는 서세영을 향해 노형진은 빙긋 웃었다.

"내가 잘하는 게 그거니까."

⚖

승합차는 사람들이 잘 다니지 않는 농지 쪽에 버려져 있었다.

"여기라면 사람들이 잘 안 들어오기는 하지."

노형진은 주변을 보면서 혀를 끌끌 찼다.

농지 구석인지라 차들이 들어올 리가 없고, 숲이랑 가까워서 사람도 그다지 오지 않는다.

더군다나 들어오는 입구에 나무가 많아서, 안으로 들어오면 차량이 긁히기 때문에 순찰차도 들어오지 않는 위치였다.

"어떻게 찾은 거야?"

"지역 주민이 경운기를 끌고 나오다가 발견했나 봐."

"아, 경운기."

경운기야 이런 길을 다니라고 만든 물건이고, 농사용이니 나무로 인한 기스 같은 건 신경 쓰지 않으니까.

"이미 국과수에서 조사 중이기는 한데……."

"그런데?"

"아무것도 없어."

고개를 절레절레 흔드는 오광훈.

혹시나 해서 이 잡듯이 뒤져 봤지만 예상대로 아무것도 없었다.

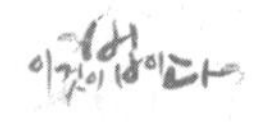

유전자에서부터 지문까지.

"그래?"

"그래, 심지어 여기는 CCTV도 없다고."

들어오는 곳만 없는 게 아니라 나가는 곳에도 없다.

더군다나 산이라지만 작은 언덕 수준이라, 차를 버리고 넘어갔다 해도 어느 방향으로 도망갔는지 알 수 없었다.

"아무래도 이거 지능범인 것 같은데……."

노형진은 슬쩍 바라봤다.

"혹시 내가 좀 봐도 될까?"

"한번 봐 봐. 뭐, 딱히 나올 건 없는 것 같지만."

이미 국과수에서 증거를 다 채집해 가고, 이 차량을 가지고 갈 방법만 찾고 있는 상황이었다.

구조상 견인이 쉽지는 않은 위치였으니까.

"흠……."

노형진은 슬쩍 다가가서 주변을 둘러보다가 핸들에 손을 올렸다.

그러나 이내 눈을 찡그렸다.

'기억이 없어.'

유전자나 지문도 없다는 소리에 예상은 했지만, 범인은 완전히 자신을 감추고 있었는지 기억이 하나도 없었다.

'흘린 거라도 하나 있으면 좋겠는데.'

하지만 휑할 정도로 깔끔하기 짝이 없는 차량 내부.

그 내부에서 기억을 읽어 보려고 했던 노형진의 계획은 완전히 실패했다.

'자신을 감추기 위해 상당히 노력한 모양인데?'

사실 노형진은 여기로 오면서 자신이 기억을 읽어낼 수만 있다면 문제를 해결할 수 있을 거라 생각했다.

그렇기에 기억을 읽어 내는 게 불가능할 거라고는 상상도 못 했다.

"어찌 되었건 확실한 건, 현 상황에서는 검찰로서도 방법이 없다는 거야."

오광훈은 짜증스럽게 말했다.

"국과수도 그래?"

"아주 싹 청소하고 갔다던데. 흔적 자체가 거의 안 남았다고 하더라고."

"흔적이 안 남았다라……."

노형진은 멍하니 차를 바라보았다.

갑자기 튀어나온 차, 그리고 그 차를 이용한 납치 사건, 그 후에 버려진 차량.

"그나마 유일한 정보는 차량에 키가 없다는 정도고."

"그게 무슨 소리야?"

"말 그대로야. 시동을 키가 아니라 영화처럼 합선을 일으켜서 걸었다고 하더라고."

"그게 가능한가? 하긴 가능할지도 모르겠네."

10년은 훌쩍 넘은 자동차. 당연히 그런 것에 대한 대비책도 없었을 것이다.

물론 영화에서처럼 단순한 합선 유발로 시동을 거는 것은 불가능하겠지만, 시간이 충분히 있다면 열쇠 정도는 무력화시키고 시동을 걸 수 있었으리라.

"버려진 차라……."

물끄러미 바라보던 노형진은 문득 뭔가 생각났는지 다시 차로 다가갔다.

"혹시 사다리 있습니까?"

"사다리요?"

"네, 사다리 있는 분 좀 가져다주세요. 아, 그리고 국과수 분들 안 가셨으면 좀 오시라고 하고요."

얼마 후 국과수의 사람이 사다리를 가지고 노형진에게 다가왔다.

"사다리, 여기 있습니다. 그런데 사다리는 뭐에 쓰시려고?"

"이 차가 사라진 지 오래되었다고 했지요?"

"네."

"그러면 어딘가에 오래 세워져 있었다는 소리니까 그 흔적이 남아 있지 않을까 해서요."

"오래 세워져 있었던 흔적?"

이게 뭔 소리인가 하는 표정으로 바라보는 국과수의 수사관에게 노형진은 손을 들어서 지붕을 가리켰다.

"실내가 아니라 지붕에 말입니다. 제가 알기로는 이 자동차의 주인이 망한 지 2년이 지났다고 하던데, 그 말은 그만큼 어딘가에 세워져 있었다는 소리 아닙니까? 중간중간 누가 썼다고 해도 결국 원래 자리에 가져다 놨을 가능성이 높지요. 자기 주변에 세워 두고 썼을 테니까요. 차 상태를 보니까 딱히 세차하면서 관리한 흔적도 보이지 않고요. 그러면 지붕에 먼지가 엄청 쌓이지 않았을까요?"

"먼지? 아하!"

국과수 요원은 노형진이 말하는 게 뭔지 알아차렸다.

"먼지를 조사하면 어디에 있었는지 알 수 있겠군요."

"맞습니다."

자동차에 쌓이는 먼지는 생각보다 많다.

일반 차량들은 계속 운행하고 세차하니까 그렇게 티가 나지 않지만, 6개월만 주행하지 않고 세워 두면 먼지가 뽀얗게 앉는다.

그렇게 가라앉은 먼지는 쉽게 지지도 않는다.

비가 오거나 해도 벗겨지지도 않고 말이다.

소위 말하는 찌든 때가 되는 것이다.

"지역마다 대기 중의 성분은 확실히 다르지요."

시골이라면 단순 흙먼지겠지만 공장 지대라면 화학 성분이 나올 것이다.

그리고 그 성분의 비중에 따라 어떤 공장인지 추론할 수도 있다.

"어느 정도는 위치를 추측할 수 있겠군요."

물론 공단도 한두 곳이 아니고 시골도 한두 곳이 아니다.

"그런다고 범인을 잡을 수 있을까? 그리고 범인이 세차하지 않았으려나?"

오광훈은 고개를 갸웃하면서 물었다.

"잡을 수 있을 거야. 이렇게 썩어 가는 대포차에 무슨 애정이 있어서 세차까지 하면서 관리했겠어? 아마도 유리창이나 닦아 내고 끝냈을 가능성이 높아."

노형진은 자신 있게 말했다.

"그리고 대충이라도 있었던 곳을 알아낼 수 있다면 주변 인물 중에서 그런 곳과 관련 있는 사람을 찾아내면 될 거야."

"주변 인물?"

"네가 그랬잖아, 자동차의 시동을 키로 건 게 아니라고."

"그랬지."

"그러면 이 차가 버려진 차라는 걸 알았겠지."

어떤 과정으로 차가 버려졌는지는 알 수 없다.

하지만 차는 버려졌고, 그 후에 누구도 신경 쓰지 않았다.

소위 말하는 장기 주차된 폐차.

그런 차인 거다.

"그런데?"

"그런데는 무슨 그런데야? 정말 버려진 차인지 확인할 방법은 하나뿐이잖아. 누군가 그 차를 계속 지켜보는 거."

보자마자 한 번에 버려진 차인지 알 수는 없다.

물론 오래되어서 먼지가 잔뜩 쌓여 있다면 알 수 있겠지만 말이다.

하지만 그 길을 누군가 계속 다니면서 그 자리에서 움직이지 않는 차의 모습을 지속적으로 본다면?

어렵지 않게 버려진 차라는 결론에 도달할 수 있게 된다.

"아, 그런 방법이 있네."

차가 있던 곳 주변 인물들을 찾아보는 것. 그건 어려운 일이 아니었다.

이미 의심스러운 사람들에 대한 모든 정보가 들어와 있으니까.

"그러니까 너는 이걸로 바로 조사해."

"너는?"

"일단은 비밀리에 해야 할 거 아냐. 아이부터 구해야지."

상대방은 20억을 달라고 했으니 그 20억을 안 줄 수는 없다.

"알았어. 내가 찾아보도록 하지."

오광훈은 고개를 끄덕거렸다.

일단은 아이를 구한 후에 범인을 찾아야 한다. 그 무엇보다 생명이 우선이니까.

사실 모금을 통해 20억을 채운다는 것은 불가능한 일이었다.

애초에 아무리 불쌍하다고 하지만 그 돈이 납치범에게 가는 걸 알면서도 돈을 주고 싶어 하는 사람은 없다.

그래서 일단은 노형진이 나섰다.

"돈은 나중에 범인을 찾으면 그때 회수하겠습니다. 그러니 우선 아이를 구하는 데 집중하지요."

"감사합니다. 감사합니다."

고개를 숙이면서 인사하는 한유소, 그리고 그의 아내 서신아.

"걱정하지 마세요. 상희를 찾고 나면 무슨 수를 써서라도 범인을 잡겠습니다."

아무리 범인이 능력이 좋다고 해도 완전히 기억을 남기지 않을 수는 없다.

'조금이라도 방심하는 순간 넌 끝이야.'

노형진은 자신의 능력을 믿고 있었기에 그렇게 생각했다.

"범인이 돈을 어떻게 달라고 하던가요?"

프로파일러의 분석에 따르면 범인은 한 명이다.

당연히 누군가가 한상희를 지키고 누군가는 돈을 받는다는 형태는 불가능하다.

즉, 돈을 받으러 왔을 때 잡을 수만 있다면 문제는 해결된다는 거다.

"연락이 오면 접촉하세요. 뭐든 좋습니다. 그놈이 뭐 하나만 흘려도 우리는 잡을 수 있습니다. 그러니 꼭 접촉하세요."

노형진이 진지하게 말하자 한유소는 격하게 고개를 끄덕거렸다.

⚖

노형진이 돈을 준 후에도 바로 무슨 일이 생기지는 않았다.

범인이 요구한 돈은 20억이었고, 그 돈을 구하는 기간을 생각해서 그런지 그 이후에는 한동안 연락이 오지 않았으니까.

그렇게 2주가 지난 시점, 드디어 범인에게서 연락이 왔다.

정확하게는 첫날처럼 쪽지가 날아왔다.

> 20억을 가지고 서신아 혼자서 대관령을 넘어올 것. 시간은 새벽 3시.
>
> 다른 차량이 붙는 경우 한상희의 목숨은 없다.
>
> 정차할 위치는 자연스럽게 알게 될 거다. 무조건 넘어가라.
>
> 돈을 확인한 후에 아이의 위치를 말해 주겠다.
>
> 물론 추적 장치나 물감을 넣어도 한상희의 목숨은 없다.

그걸 보고 오광훈은 입술을 깨물었다.

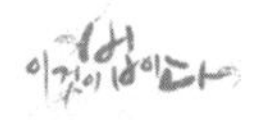

"개자식. 우리를 가지고 놀고 있어."

"이놈들, 생각보다 준비를 많이 한 모양인데. 물감까지 알고 있다니."

그들이 설치하지 말라고 한 물감은 이런 상황이나 은행 강도 등이 나타났을 때 쓰는 특수 물감이다.

가방에서 돈을 꺼내는 순간 돈과 범인의 몸에 묻는 물감인데, 흔적 그 자체가 범죄에 지급된 돈이라는 증명이기에 그 돈을 쓸 수도 없게 한다.

더군다나 그 물감은 일반적인 방법으로는 지워지지 않는다.

그 때문에 범인이 그걸 뒤집어쓰면 어디 가지도 못한다.

그걸 뒤집어쓴 것 자체로 눈에 확 들어오고, 야광에 지울 수도 없어서 내가 바로 범인이라고 자랑하고 다니는 꼴이니까.

그래서 유괴범들에게 주로 사용하거나 하는 건데, 그걸 알고 사전에 차단한 것이다.

"헬기라도 알아볼까요?"

"대관령이야, 대관령. 그 시간에 헬기가 뜨면 티 안 나겠어?"

새벽 3시에 한국에서 제일 높다는 대관령을 넘어가는 사람들이 있을 리가 없다.

당연히 사위가 엄청나게 조용할 텐데, 헬기가 뜨면 그 소음이 엄청나다.

"그렇다고 차량으로 추적할 수도 없지 않습니까?"

새벽 3시에 차량으로 추적하는 것은 불가능하다.

고개가 얼마나 험한지 다들 알고 있으니까.

대관령 고개의 특성상 위에서 보면 밤에 차들이 라이트를 켜고 움직이는 게 보일 게 뻔하다.

하물며 서신아 혼자 움직여야 하는 상황에 그 뒤에 다른 차량들이 따라간다면 필연적으로 티가 날 수밖에 없다.

"라이트를 끄고 대관령을 넘어가는 건 불가능하겠지?"

"불가능하죠. 그건 미친 짓입니다."

사람을 구하자고 하는 거지 사람을 죽이자고 하는 게 아니니까.

"그렇다고 서신아 씨가 시간을 끌어 가면서 천천히 가는 것도 문제가 될 수 있고."

결국 뒤따라가는 것도 문제가 될 수밖에 없다.

"엄청나게 머리를 썼어."

오광훈은 이를 빠드득 갈았다.

"방법이 없을까?"

"없습니다. 다른 곳도 아닌 대관령입니다. 수 킬로미터 밖에서도 차량의 불빛을 볼 수 있습니다."

꼬불꼬불하게 이어진 길. 당연히 그 길의 끝에서 내려다보면 산 아래에서 올라오는 빛이 보일 수밖에 없다.

"만일 전조등 없이 따라가다가 사고라도 나면……."

아마 검찰은 가루가 되도록 까일 것이다.

게다가 설사 그렇게 따라간다고 한들 상대방은 이미 자리를 잡은 상태. 그리고 이쪽은 천천히 따라가야 한다.

거리가 멀기 때문에 추적도 쉽지 않다.

"범인이 죽어 버리면 그것도 문제구요."

만일 범인이 도주하다가 추락으로 죽어 버리는 사태라도 벌어지면?

한상희는 아무도 모르는 곳에 갇힌 채 굶어 죽는다는 최악의 시나리오도 가능하다.

"어쩔 수 없습니다."

"젠장."

오광훈은 이를 박박 가는 것 말고는 아무것도 할 수 없었다.

"도대체 국과수에서는 뭐 하는 거야! 차량에서 나온 먼지는 아직 검사 안 끝난 거야?"

"서두르고 있다고는 하는데……."

"뭐가 서두르는 거야! 당장 범인은 도망가게 생겼는데!"

오광훈의 분노는 하늘을 찔렀지만 그런다고 해서 검사가 빨리 끝나는 것은 아니었기에 화내는 것 말고는 할 수 있는 게 없었다.

결국 늦은 밤, 서신아는 혼자서 차를 몰고 대관령을 올라갔다.

"여보…… 할 수 있지? 응? 우리 상희 데리고 올 수 있지?"

"걱정하지 말아요. 어떻게 해서든 데리고 올게요."

두 부부는 서로를 안으며 힘든 순간을 이겨 내고 있었고, 그걸 보면서 경찰들은 속에서 열불을 내는 수밖에 없었다.

"진짜 못 따라가?"

"달이라도 밝으면 모르겠는데……."

뒤에서 어떻게 따라가고 싶어도 하필이면 날씨도 흐린 데다 그믐달이라 달빛도 약했다.

"젠장, 망할 새끼."

"누군지 모르지만 잡히면 죽는다."

그렇게 서신아를 보낸 사람들은 이를 박박 갈며 그녀가 돌아오기를 하염없이 기다리는 수밖에 없었다.

한 시간, 두 시간 그리고 세 시간…….

"왜 이렇게 연락이 안 되는 거지?"

정해진 시각은 새벽 3시, 그리고 이쪽에서 출발한 시각은 새벽 2시다.

아무리 밤 운전이 조심스럽다지만 이 시간쯤 되면 거래를 마치고 그녀가 전화를 해 와야 한다.

원래 계획은 서신아가 돈을 범인에게 넘기고 한상희에 대한 정보를 넘겨받는 즉시 전화로 위치를 알려 주기로 되어 있었다.

"지금 몇 시야?"

"새벽 4시 30분입니다."

예정된 시간보다 훨씬 지나간 시간.

"핸드폰은?"

"꺼져 있는데요."

원래 전화하기로 하고 가지고 간 서신아의 핸드폰.

그런데 그마저도 꺼져 있다.

"올라가자."

결국 기다리다 못한 오광훈은 경찰을 데리고 움직이기 시작했다.

어차피 조금 있으면 동이 트고, 수많은 차들이 대관령을 넘어가기 시작할 시간이니까.

그렇게 한참을 올라가던 그들은 중턱쯤에 도착했을 때 눈을 크게 뜰 수밖에 없었다.

"여보!"

"상희 어머니!"

딸 한상희를 구하기 위해 타고 간 차량 옆에, 서신아가 손목과 발목이 전부 뒤로 묶인 채로 쓰러져 있었다.

그녀는 입에는 재갈이 물리고 눈에는 안대가 채워진 상태였다.

한유소는 다급하게 달려가서 서신아를 일으켜 세우고 구속을 풀었다.

"여보! 괜찮아?"

"괜찮아요, 괜찮아요……."

"누가 그랬어? 그놈이야? 우리 상희를 데려간 놈?"

"모르겠어요. 얼굴도 안 보이고 컴컴한 데다가 커다란 고글에 마스크까지 쓰고 있었어요."

재갈이 풀리자마자 다급하게 말하는 서신아.

하지만 나타난 자가 범인이리라고 추측하는 것은 어렵지 않았다. 그게 아니라면 이 시간에 여기에 있을 이유가 없으니까.

오광훈은 다급하게 핸드폰을 들었다.

"2팀! 나간 곳 있어?"

입구 쪽에는 자신들이 계속 있었으니까 남은 것은 출구뿐.

당연히 이 시간에 누군가 고개를 지나간다면 잡아 둘 생각에, 출구 쪽에도 사람들을 배치해 둔 상황이었다.

-2팀입니다. 여기로 나간 사람은 한 명도 없습니다.

"뭐?"

-이 길로는 아무도 나가지 않았습니다. 밤새도록 움직이는 사람이 없었습니다.

오광훈은 고개를 휙 돌렸다.

그리고 다급하게 서신아에게 다가갔다.

"혹시 달아 둔 녹음기 있습니까?"

서신아에게 혹시나 해서 달아 놨던 녹음기.

잘 드러나지 않게 감춰 둔 것이었다.

그러나 서신아는 고개를 흔들었다.

“그놈이 빼앗아 갔어요.”

“큭.”

그놈이 그것도 예상한 것인지 그마저도 빼앗아 간 것이다.

“검사님.”

서신아의 차를 살펴보던 수사관 중 한 명이 오광훈을 불렀다.

“여기 보십시오. 그놈이 블랙박스도 가지고 갔습니다.”

거칠게 뜯긴 블랙박스 자리. 당연히 거기에 있어야 할 블랙박스도 없었다.

“완전히 농락당한 겁니다.”

“이런 젠장!”

오광훈의 분노가 대관령에 울려 퍼졌다.

예상치 못한 범인

"눈앞에서 놓쳤다고, 그 개새끼를!"

분노로 부들부들 떠는 오광훈.

무려 20억을 들고 도망갔는데 어디로 갔는지조차도 알 수가 없었다.

"통로는 없었고?"

"그래. 그러니까 귀신이 곡할 노릇이라고!"

대관령은 아주 험한 고개다.

들어가는 길도 나오는 길도 단 하나뿐.

그런데 그런 곳에서 범인을 놓쳤다.

"다른 곳으로 통하는 길은 없고?"

"없으니까 환장할 노릇이지. 더군다나 그놈은 우리가 녹음기를 설치한 것까지 다 알고 있었다고! 아주 지능적인 놈이야."

"지능적인 놈이라……."

노형진은 눈을 찌푸렸다. 확실히 지능적이기는 하다.

"왜 그래? 촉이 왔어? 혹시 범인이 누군지 알겠어?"

노형진은 고개를 흔들었다.

"그렇게 쉽게 범인이 누군지 알면 얼마나 좋겠냐?"

"그런데 표정이 왜 그래? 왜 똥 싸다가 자르고 나온 얼굴이야?"

"넌 표현이 진짜……. 아니다. 내가 말을 말아야지."

손을 흔드는 노형진.

기실 오광훈도 품격 있는 말을 해 보려고 노력하긴 했지만 결국 포기했다. 그는 품격과는 거리가 있는 거친 삶을 살아온 사람이었으니까.

"이상한 게 있어서 그래."

"이상한 거?"

"그래. 생각해 보니까 좀 어색한 부분이 있더라고."

"뭔데?"

"이거 말이야."

범인이 두 번째로 놓고 간 쪽지.

돈과 관련된 쪽지였다.

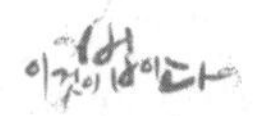

20억을 가지고 서신아 혼자서 대관령을 넘어올 것. 시간은 새벽 3시.

다른 차량이 붙은 경우 한상희의 목숨은 없다.

정차할 위치는 자연스럽게 알게 될 거다. 무조건 넘어가라.

돈을 확인한 후에 아이의 위치를 말해 주겠다.

물론 추적 장치나 물감을 넣어도 한상희의 목숨은 없다.

"이게 뭐? 그 새끼가 놓고 간 거잖아."

"그래서 이상하다는 거야."

"음? 그게 무슨 소리야?"

"돈을 요구하고 받은 방법은 알겠어. 머리를 많이 썼더라고."

"내 말이."

"그런데 내가 이상하게 생각하는 부분은 이거야."

노형진은 그렇게 말하면서 '한상희'라고 쓴 부분을 가리켰다.

"이게 뭐? 뭐가 이상해? 그 새끼가 데리고 있는 아이는 한상희가 맞잖아."

"그러니까 이해가 안 간다는 거야. 이름을 지칭하는 것은 지극히 개인적인 행동이거든."

"그게 무슨 소리야?"

"너 이러한 유괴 범죄에서 방송에 나갈 때 중요한 게 뭔지 알아?"

그건 바로 범인이 납치된 아이에게 심적인 동조를 하게 만드는 것이었다.

그리고 그 방법 중 하나가 계속해서 방송에서 아이의 이름을 알리는 것이다.

그렇게 함으로써 개인적으로 아이의 이름을 기억하게 하고 그 아이에게 심적인 동조를 하게 만드는 것.

그게 유괴 사건에서 피해 아동의 첫 번째 보호 방법이었다.

"그리고 그건 범인 입장에서는 정반대로 작용하지."

범인은 아이를 완전히 객체로 판단하고, 동요하고 싶어 하지 않는다.

즉, 자신과 관련이 없는 전혀 다른 존재로 인식함으로써 자신의 양심을 속이려고 하는 것이다.

"그래서 이런 협박에서 범인은 자신이 데리고 있는 피해자를 객체화시키지."

"객체화라니?"

"말 그대로야. 이름을 부르는 게 아니라 아이라고 두루뭉술하게 지칭하는 거지."

즉, 일반적인 범인의 협박장이었다면…….

20억을 가지고 서신아 혼자서 대관령을 넘어올 것. 시간은 새벽 3시.

다른 차량이 붙은 경우 아이의 목숨은 없다.

정차할 위치는 자연스럽게 알게 될 거다. 무조건 넘어가라.

돈을 확인한 후에 아이의 위치를 말해 주겠다.
물론 추적 장치나 물감을 넣어도 아이의 목숨은 없다.

이런 식으로 쓰면서 아이와 심리적 거리감을 두려고 하는 게 정상이다.

"그런데 첫 번째 협박장에서도 그렇고 두 번째 협박장에서도, 범인은 '아이'가 아니라 한상희라는 이름으로 불렀어."

"그게 이상한 거야?"

"아주 이상한 거지. 이름을 부르는 행위는 지극히 개인적인 행동이라고 했잖아. 이름을 그렇게 자연스럽게 부르는 행동은 보통 아주 친밀한 관계에서 나온다고. 간단하게 생각해 봐. 너 편의점에서 일하는 분들 부를 때 학생, 또는 직원분 등 일반명사를 쓰지? 그런데 그 사람들 가슴에는 명찰이 있거든. 이름을 알려고 하면 얼마든지 알 수 있지. 그런데 왜 그렇게 일반명사로 부르겠어? 거리감이 있기 때문이야."

오광훈은 눈을 찡그렸다.

친밀한 행동이라는 말에 순간 구역질이 올라왔으니까.

"뭔 말인지 알겠네. 그러니까 범인은 아이와 아주 친밀한 누군가라는 거 아니야?"

"맞아."

"이미 그건 프로파일러들도 확인한 부분이야. 그리고 너도 말했잖아, 유괴 사건의 범인은 잘 아는 사이인 경우가 대부분이라고."

오광훈의 말에 노형진은 고개를 끄덕거렸다.

그건 사실이다. 그러나 지금까지의 조사 결과 그렇게 친밀한 사람 중에서 유괴할 만한 사람은 없었다.

"그냥…… 좀 찝찝한 게 있어."

"뭐가?"

"좀…… 내가 알아보고 이야기해 줄게."

노형진은 그렇게 이야기하면서 다시 시선을 돌려 화면에 떠 있는 협박장을 바라보았다.

유괴에서의 골든타임은 보통 일흔두 시간이라고 한다.

그 이후에는 아이의 생존 가능성이 급격하게 떨어진다고 한다.

그런데 한상희가 납치된 지 벌써 3주가 지났다.

그래서 언론에서 관심을 줄이기 시작하는 그때, 결국 사건은 돌이킬 수 없는 선을 넘어 버렸다.

"아이고, 상희야!"

"상희야! 아니야, 상희가…… 우리 상희가 이렇게 죽을 리가 없어!"

오열하는 한유소와 서신아.

한상희의 부모의 모습은 모두를 눈물짓게 했다.

"씨발."

결국 한상희는 변사체로 발견되었다.

사람들이 잘 다니지 않는 다리 아래 덤불, 그 아래에서 썩어 가는 모습으로 발견된 것이다.

더 화가 나는 것은 한상희가 죽은 지 오래된 상태였다는 거다.

오열하는 가족들에게 취잿거리를 얻어 내고자 달라붙는 기자들을 보며 이를 박박 가는 오광훈에게, 검시관이 다가왔다.

"하아……."

"어떻습니까?"

"솔직히 말씀드리죠. 사망한 지 3주는 지났습니다."

"3주라고요?"

"그렇습니다."

"그게 말이나 되는 소리입니까? 분명히 3주 전에 납치당했는데."

"시신의 부패 상태와 벌레들의 부화 상태를 보면 최소 3주는 지났습니다. 아마도 납치된 직후에 바로 살해당했을 겁니다."

"이런 미친 새끼!"

범인은 손가락을 잘라서 아이의 부모에게 보냈다.

즉, 그때 이미 아이는 죽어 있었다는 소리다.

"그런데 그래 놓고 돈을 20억이나 달라고 했다고요?"

"이쪽에서는 죽었는지 살았는지 알 수가 없으니까요. 아마도 죽이고 나서 바로, 혹은 죽이기 직전에 손가락을 잘라 낸 것 같습니다. 시간이 지난 후에 잘라 냈다면 저희가 사망 사실을 알았을 겁니다."

시체에서 잘린 손가락과 산 사람의 잘린 손가락은 전혀 다르다.

따라서 이 경우라면 둘 중 하나다.

죽이자마자 잘라 냈든가, 아니면 살아 있는 아이의 손가락을 잘라 낸 후 바로 죽였든가.

"저는 전자이기를 바랍니다. 상희에게 작은 고통이나마 없었기를요."

힘없는 검시관의 말에 오광훈의 입에서 욕설이 튀어나왔다.

"이런…… 개 같은 새끼를 봤나."

오광훈은 진심으로 화가 났다.

고작 열세 살. 거기다 장애를 가지고 있어서 순수하기만 한 아이였다.

그런 아이를 그렇게 죽인 범인을 도무지 용서할 수가 없었다.

"그 새끼는 내가 꼭 잡습니다."

"그랬으면 좋겠습니다. 저는…… 돌아가서 검시를 준비하겠습니다."

고개를 숙이고 멀어지는 검시관.

시체가 발견된 굴다리 아래에서는 부모들의 찢어지는 비

명 소리가 끝없이 울려 퍼지고 있었다.
“상희야! 상희야!”
“네가 이렇게 가면 아빠는 어떻게 하니, 상희야!”
얼마나 비통하던지, 오광훈은 그 모습을 차마 보지 못하고 다리 위에 세워 둔 차량으로 가 담배를 꺼내 물었다.
“그거 피우면 자연이가 싫어할 텐데.”
“지금은 농담하지 마라. 그럴 기분 아니다.”
뒤에서 들리는 목소리에 오광훈은 차분하게 말했다.
분노가 머리끝까지 치밀어 올라서 누구라도 죽이고 싶은 기분이었으니까.
“범인을 잡아서 죽여 버릴 거야.”
오광훈은 이를 빠드득 갈았다.
그런 오광훈에게 다가온 노형진이 차분하게 말했다.
“그래야지. 그래서 온 거니까.”
“뭔가 알아낸 거야?”
“뭔가 알아내기는 했지. 하지만 가설일 뿐이야.”
“가설?”
“그래, 가설.”
“가설이고 나발이고 뭐라도 말해 봐. 아무것도 없으면 내가 진짜 화가 나서 미칠 것 같다.”
노형진은 힐끔 현장을 돌아보았다. 그리고 조용히 말했다.
“확실한 건 아니야. 하지만 그걸 확인하기 위해 너랑 같이 가야겠다."

"무슨 소리야, 이 와중에?"

"어차피 너도 여기서 할 건 없잖아?"

현상은 국과수에서 이 잡듯이 뒤지고 있었고 이곳에 있는 검사만 해도 네 명이다.

사건이 방송에 나가고 이슈를 타면서 추가로 검사가 더 붙었기 때문이다.

"여기 있어 봤자 네가 할 수 있는 건 화내는 것뿐이야."

노형진의 말이 맞다.

오광훈은 과학수사에 대해 아는 것도 없고, 병원으로 가서 피해자들의 감정을 추슬러 줄 수도 없다.

그가 할 수 있는 건 분노를 삼켜 가면서 범인을 잡는 것뿐이다.

"그래, 가자. 가서 그 개새끼를 잡아 죽여 버리자."

오광훈은 막 물었던 장초를 바닥에 던져 버리며 씹어뱉듯 말했다.

"내 손으로 죽여 버릴 거야, 그 개새끼는."

굳게 결심한 듯 단호한 얼굴이었다.

한상희의 죽음. 그 죽음으로 대한민국이 분노하는 그때,

노형진은 오광훈과 산책을 하고 있었다.

정확하게 표현하자면 산책보다는 산행이 맞으리라.

"도대체 여기서 뭐 하는 거야? 지금 검찰에서 당장 들어오라고 난리인 거 몰라?"

검찰에서는 이번 사건의 범인을 어떻게 해서든 잡기 위해 무려 열 명의 검사들을 투입했다.

전 국민이 분노하는 사건이라 그냥 넘어갈 수가 없었기 때문이다.

"범인을 잡는 중이지."

"대관령에서?"

"그래, 대관령에서."

노형진은 터벅터벅 걸으면서 말했다.

그러자 오광훈은 짜증스러운 표정을 지었다.

"도대체 여기에 뭐가 있다는 거야?"

"아직 의심일 뿐이야. 하지만 상당히 근거가 있는 의심이지."

"끄응……."

"일단 잘 봐 둬. 올라가는 길을 기준으로 왼쪽 말고 오른쪽."

"그러니까 이 아래쪽을 이야기하는 거 아냐."

"그래."

"이미 그 새끼는 도망갔다니까."

범인이 어떻게 도망갔는지는 모르지만 돈을 가지고 도망갔다.

블랙박스와 녹음기까지 다 챙겨서 말이다.

노형진은 바로 그 부분에 대해서 의심을 품었다.

"일단은 조용히 따라와 봐."

"끄응."

그렇게 거의 한 시간쯤 걸었을 때 노형진은 어떤 곳에서 물끄러미 가드레일을 바라보았다.

"역시나."

"역시나?"

"받아."

노형진은 뒤에 따라오던 차량에 손짓했고, 곧 두꺼운 장갑을 받아 오광훈에게 건넸다.

"뭐야? 이걸로 뭘 하자는 거야?"

"이리 와 봐. 그러면 모든 게 보일 거야."

"모든 게 보인다니, 그게 무슨 소리야?"

하지만 노형진은 대답하는 대신에 장갑을 끼고 절벽의 가드레일 쪽으로 다가가 허공에 손을 흔들었다.

그걸 보던 오광훈은 눈을 찡그리면서 그 허공을 다시 봤다.

"뭐야?"

잘 안 보이는 무언가. 그 무언가가 두꺼운 장갑을 배경으로 모습을 드러냈으니까.

"뭐야, 방금?"

"와서 만져 봐."

"도대체 뭐가 있다는……. 이게 뭐야? 철사야? 철사는 아닌데."

허공으로 손을 흔들자 걸리는 가느다란 무언가.

"이거 뭐야?"

"낚싯줄 같은데."

반투명하고 가느다란 녹색의 줄. 그건 엄청 탄탄하게 고정되어 있었다.

그 줄은 가드레일 기둥의 아래쪽에 묶여 있었는데, 절벽 쪽으로 연결되어 있었다.

"당겨 봐."

총 네 개의 줄. 노형진은 그중 하나를 당기기 시작했다.

줄이 가느다랬기 때문에 그걸 당기는 것은 쉬운 일이 아니었다.

하지만 그렇다고 해서 못 당길 정도는 아니었다.

일단 조금 당겨서 여유를 만든 다음 미리 준비한 쇠봉에 감아서 본격적으로 잡아당기면 되는 일이었으니까.

그리고 얼마 뒤 줄에 이끌려 모습을 드러낸 물건을 본 오광훈의 눈이 커졌다.

그럴 수밖에 없는 게, 낚싯줄에 묶여 있는 것은 가방이었기 때문이다.

오광훈도 잘 아는 가방이었다.

"그때 그 가방이잖아!"

범인에게 주기 위해 서신아가 가지고 갔던 돈 가방.
검은색의 그 가방이 뜬금없이 낚싯줄에 걸려 올라온 것이다.
"어떻게 된 거야? 아니, 이게 왜 여기서 나오는 건데?"
당혹감을 감추지 못하는 오광훈.
노형진은 그 모습을 보면서 한숨을 푹 쉬었다.
"우리가 놀아난 거지."
"뭐? 그게 무슨 소리야?"
"이 아래를 봐 봐. 뭐가 보여?"
"아무것도 안 보여."
절벽이라지만 아무것도 없는 깎아지른 듯한 절벽은 아니다.
급경사를 이루는 그곳에는 여러 가지 풀과 덤불이 얽히고 설켜 있었다.
"만일 여기에 검은색 돈 가방을 던져두면? 보이겠어?"
오광훈은 이리저리 주변을 둘러봤다.
줄은 네 개. 그중 한 개를 잡아당기니 가방이 딸려 올라왔다.
그리고 아직 세 개의 줄이 남아 있고.
당연히 아래에는 줄에 연결된 가방이 더 있을 것이다.
"안 보여."
"그래, 이런 곳은 안 보이지."
덤불로 되어 있는 환경의 특성상 가방을 던지면 그 덤불 안으로 파고들 것이다.
그리고 덤불은 복원력이 좋기 때문에 시간이 흐르면서 원래의 모습으로 되돌아올 것이고, 당연히 가방은 그 안에 묻혀 보이지 않게 될 것이다.

"더군다나 이 낚싯줄을 봐. 녹색이지?"

풀이 가득한 곳에 설치된 녹색의 줄.

낚싯줄이 녹색이라면 누가 그걸 발견하기는 거의 불가능하다.

"더군다나 말이지, 이곳은 절벽이라고."

꼬불꼬불한 절벽 길. 올라오는 길이든 내려가는 길이든, 운전자는 전방에만 집중할 수밖에 없다.

덤불로 가득한 절벽 방향에 신경을 쓸 사람은 아무도 없다.

"그게 무슨 소리야? 그러면 범인이 돈을 이렇게 감춰 두고 도망갔다는 거야? 그래, 확실히 그럴 수도 있겠다. 우리는 도로를 막고 있었으니까, 돈은 이렇게 감추고 절벽을 타고 내려갈 방법을 찾는다면……."

생각에 빠지는 오광훈을 보고 노형진은 크게 말했다.

"엉뚱한 생각 좀 그만해."

"엉뚱한 생각?"

"내가 봐서는 범인은 존재하지 않아."

"뭐?"

"정확하게는, 한유소와 서신아가 범인일 거야."

"그게 무슨 소리야? 너도 봤잖아, 두 사람이 그렇게 오열하는 걸."

그걸 보고 국민들이 얼마나 가슴 아파하고 또 분노하고 있던가? 그런데 그 사람들이 범인이라고?

"그래, 내가 봐서는 말이지."

"그게 말이 된다고 생각해? 아니, 그런 게 가능할 리가 없잖아! 자기 딸을 그렇게 끔찍하게 사랑하는 사람들인데."

"그건 알 수 없지."

"뭐?"

"언론에 나와서 사랑하는 딸을 돌려 달라고 울던 모습이 우리가 아는 전부야. 그 이전의 모습은 아무것도 모르지."

노형진은 씁쓸하게 말했다.

"그러니 그들이 자식을 죽였을 수도 있는 거라고."

"말도 안 되는 소리. 자기 자식을 죽이는 놈들이 어디 있어? 더군다나 이유도 없잖아!"

장애를 가진 딸이다. 그런 딸을 죽일 이유가 무엇이 있겠는가?

"있어. 그래서 내가 널 부른 거고."

노형진은 차량에서 뭔가를 꺼내서 내밀었다.

그걸 본 오광훈은 깜짝 놀랐다.

"우리 정보 팀에서 가지고 온 정보야. 네가 나중에 증거로 삼으려면 제대로 다시 보험사에 요구해야 할 거야."

"생명보험? 아니, 생명보험이라니? 이게 무슨……!"

딸인 한상희가 들어 있는 생명보험은 무려 10억짜리였다.

"미성년자는 생명보험을 못 든다고 했잖아?"

노형진이 분명 그랬다.

그랬기에 오광훈은 전혀 생각하지도 못하고 있었다.

다른 검사들 역시도 말이다.

"그래, 그렇지. 하지만 지금 한상희 나이가 열세 살이야."

"그런데?"

"그리고 미성년자 생명보험 가입 금지 규정은 2009년에 생겼어."

처음부터 보험에 미성년자 생명보험 가입 금지 규정이 있었던 것은 아니다. 2009년에 신설된 조항이었다.

"왜 그런 규정이 생겼다고 생각해?"

"그건……."

"맞아. 보험료를 노리고 자기 자식을 죽이는 놈들이 너무 많아서였어. 왜냐고? 돈 때문이지."

아이는 국가의 보물이라고 한다.

하물며 가정에서는 그 가치가 얼마나 대단하겠는가?

대부분의 부모들은 자식을 대신해서 죽을 수 있다면 기꺼이 목숨을 내놓을 것이다.

"하지만 전부는 아니지."

부모로서 인성이 되지 못한 자들.

그들은 자식을 하나의 인격체로 보는 게 아니라 자신의 부속물쯤으로 본다.

그리고 부속물은 언제든 버릴 수 있다고 생각한다.

"아이 앞으로 보험을 들고 아이를 죽이면 수억이 생기는 거지. 사실 너도 알겠지만 아이들을 통제하는 건 쉬운 일이 아니거든."

어디로 튈지 모르는 아이들.

그래서 사고로 죽는 경우도 많다.

그렇게 사고로 위장해서 아이를 죽이는 놈들이 너무 많아, 정부에서는 아예 15세 미만 미성년자는 계약이 무효인 것으로 법을 고칠 정도였다.

"그런데 말이지, 그건 2009년에 생긴 거야."

그리고 그 이전에 가입한 보험에 대해서는 그 법이 적용될 수가 없다.

당연히 그 계약은 그대로 유지된다.

"그리고 그들이 보험에 든 시기는 2008년이지."

즉, 그 보험은 여전히 살아 있고 효과를 발휘한다는 소리였다.

"하지만 어떻게 우리가 몰랐지?"

"대부분 새로운 보험 관련법을 알고 있거든."

검사와 변호사가 아무리 천재라고 해도 결국은 한계가 있다.

법 조항은 알지언정 그 법이 바뀐 시점 이전의 법에 대해서는 잘 모른다.

"더군다나 이번 사건, 네가 담당해서 지휘하는 거 아니야?"

"그게 무슨 상관이야?"

"쉽게 말해서 네 아래에서 일하는 평검사들은 죄다 이 법 이후에 임용된 사람들이라는 거야. 그 사람들이 과연 자신들이 임용되기도 전에 적용되던 규정에 대해 다 알까?"

"……!"

당연히 모른다.

이걸 아는 사람은 시기로 보면 오광훈이었어야 한다.

하지만 오광훈은 진짜 임용된 게 아니라 원래 조폭이었다.

그렇다 보니 그걸 알지 못했던 것.

"미친……."

부들부들 손을 떨면서 보고서를 보던 오광훈은 이를 빠드득 갈았다.

"죽여 버리겠어! 이 연놈들 둘 다!"

"진정해. 일단 그들은 지금 국민들에게 피해자로 각인되어 있어. 지금 상황에서 네가 두들겨 패기라도 하면, 아무리 네가 스타 검사라고 해도 우리가 커버 못 해."

"그러면 어쩌라는 거야? 그놈들을 놔줘?"

노형진은 고개를 흔들며 오광훈을 진정시켰다.

"추적은 지금부터야. 걱정하지 마. 내가 그놈들을 어떻게 해서든 잡아낼 테니까."

노형진은 은은한 분노를 담아서 말했다.

“그런데 어떻게 안 거야?”

서울로 다시 돌아온 후에 오광훈은 검사들을 지휘해서 범인을 추적하는 데 총력을 다하라고 했다.

그건 수백 번 말해도 부족함이 없기에, 검사들도 주변 인물을 다시 싹 조사하고 있었다.

하지만 진짜 범인에 대해 알게 된 오광훈은 노형진에게 물을 수밖에 없었다.

그는 부모가 범인일 거라고는 상상도 하지 못했으니까.

“일단 내가 전에 그 협박장에 대해 이야기했지?”

“했지. 고작 그걸 가지고?”

협박장에서 ‘아이’가 아니라 ‘한상희’라는 이름을 썼다는 이유 하나만으로 부모를 의심한다는 건 말도 안 된다.

“다른 이유는, 서신아가 잡혀 있던 사건 당시의 일 때문이야.”

“그게 왜? 우리가 올라갔을 때 이미 서신아는 잡혀서 쓰러져 있었잖아.”

“그래. 그리고 서신아는 그 당시에 범인이 녹음기와 블랙박스를 가지고 갔다고 했지.”

“그랬지. 아, 그런데 어떻게 스스로 묶은 거지?”

“자기가 자기를 묶을 수 있는 방법은 의외로 많아.”

먼저 다리를 묶은 후에 양손을 뒤로 한 채로 걸려 있는 끈

안에 양손을 넣고 끈을 당겨서 조인 후 고리에서 끈을 빼내면 그만.

그 후에 안대만 아래로 내리면 된다.

"안대를 어떻게 아래로 내려? 손이 그런데."

"바닥에 대고 끌어내리면 되지. 얼굴에 살짝 상처가 난다고 해도, 몇 시간 동안 바닥을 굴러다녔으니 당연히 서신아를 의심하지는 못하지."

"고리는?"

"자동차 손잡이가 있잖아."

"아."

자동차 손잡이는 한쪽이 당겨지는 형태다.

즉, 고리로 충분히 쓸 수 있다는 소리다.

"일단은 돈을 감추고 그 후에 스스로를 묶은 후 기다리면 되는 거지. 그러면 사람들이 봤을 때 서신아는 명백하게 피해자야."

"그런데 뭐가 의심스러웠다는 거야?"

"녹음기 말이야."

분명 서신아는 당시에 설치했던 녹음기를 빼앗겼다고 했다.

"그런데?"

"그런데 말이야, 그런 것치고는 옷이 너무 깨끗하지 않았어?"

상대방에게 녹음기를 건네준 게 아니라 빼앗겼다고 했다.

그런데 서신아가 입고 있던 옷은 너무 깨끗했다.

"빼앗겼다면 아마도 그 과정에서 여러 곳을 더듬거렸겠지. 하지만 그런 흔적은 없었어."

그녀의 옷은 찢어지거나 늘어진 부분 하나 없이 깨끗했다.

먼지가 묻은 거야 당연하지만, 그 외의 손상은 전혀 없었다.

"그리고 블랙박스가 부서진 부분."

"그게 왜?"

"힘이 가해진 위치가 달라."

서신아가 묶여 있던 차는 절벽 바로 아래에 주차되어 있었다.

"그런데 블랙박스가 부서진 위치를 보면 힘이 가해진 방향은 운전석 쪽이야. 즉, 벽 쪽이라는 거지. 범인이 외부에 있었다면, 과연 블랙박스를 떼기 위해 굳이 좁은 벽 쪽으로 갔을까?"

아니다. 그것보다는 조수석으로 들어가는 게 힘을 주기 더 좋다.

그래야 문도 더 열리니까.

그리고 어차피 블랙박스는 정확하게 찍기 위해 가운데에 설치되는 게 보통이다.

"그 말은, 운전석 쪽에서 힘을 줘서 당겼다는 걸 의미하지."

그걸 보고 노형진은 의심하기 시작한 것이다.

"그리고 핸드폰도 이상했고."

"핸드폰?"

"기억나? 서신아의 핸드폰이 꺼져 있었잖아."

"그래. 그래서 연락이 안 되어서 올라간 거 아냐."

"네가 범인이면 그걸 끄겠냐, 부숴 버리겠냐?"

"아!"

하다못해 절벽으로 휙 던져 버리기만 했어도 바로 부서졌을 것이다.

최소한의 증거도 남지 않았을 테고 말이다.

"그런데 블랙박스를 뜯어 가고 녹음기를 강탈해 간 놈이, 정작 핸드폰은 곱게 꺼 놨다는 게 말이 돼?"

말도 안 되는 소리다.

그래서 노형진은 그때부터 의심이 미친 듯이 피어올랐다.

"그리고 낚싯줄을 보고 확신했어."

한유소의 취미는 낚시였다.

물론 피해자의 취미 같은 걸 확인하지는 않지만, 그의 집에 갔을 때 그의 낚시 가방을 본 적이 있다.

물론 그때는 그다지 신경 쓰지 않고 조용히 넘어갔지만.

"이렇게 몇 가지 가능성을 묶다 보니까 혹시나 한 거지."

한유소의 사업은 망했다.

자식이라고는 한상희 한 명뿐인데 장애를 가지고 있다.

재산은 압류되었고, 재기하기 위해서는 자금이 필요하다.

"그런데 한상희는 10억짜리 생명보험에 들어 있지."

"으음……."

"설사 경찰이나 검찰이 그걸 안다고 해도, 과연 부모를 의심했을까? 장애를 가진 아이를 무려 13년이나 애지중지 키웠다고 생각하는데.”

그런 보험 살인의 경우는 보험에 들고 나서 단시간 내에 벌어지는 경우가 대부분이다.

장애우 같은 경우는 그 교육이나 보호에 돈이 많이 들기 때문에 그렇게 오래 키워 왔다면 누구도 살인할 거라 의심하지 않을 것이다.

“하지만 지금은 상황이 바뀌었으니까.”

사업은 망하게 생겼고, 지적장애를 가진 한상희를 보호하거나 학교에 보낼 돈도 없는 상황.

그 상황에서 할 수 있는 일은 없다.

“이런 미친…….”

이를 빠드득 가는 오광훈.

자신들이 이렇게 철저하게 농락당할 줄은 몰랐던 것이다.

“그리면 그 블랙박스랑 녹음기는 절벽으로 던졌을까? 거기를 뒤지면 뭐든 나올까?”

“너무 넓어.”

올라간 시간과 기다리던 시간 사이의 공백이 너무 크다.

당연히 그 시간 동안 서신아는 정해진 위치를 벗어나 사방을 돌아다니며 증거를 인멸했을 것이다.

실제로 노형진이 가방을 발견한 위치는 서신아가 쓰러져 있던 곳에서 무려 한 시간을 올라간 거리에 있었다.

"가방도 발견하기 힘들었는데 절벽을 모조리 수색하는 게 쉽겠어?"

절벽에서 박살이 난 작은 부품들을 찾아내는 건 거의 불가능에 가깝다.

설사 찾는다고 해도 딱히 건질 만한 것도 없을 테고.

"내가 서신아라면 만일의 사태에 대비해서 아주 꼼꼼하게 가루를 내 놨을 거야."

저장 장치만 박살 내면 아무리 기술이 좋아도 데이터를 살려 낼 수는 없는 노릇이니까.

"그러면 수색하지 말아야 하나?"

"아니. 또 그럴 이유는 없지."

"응? 그건 또 무슨 소리야? 수색을 하라는 거야, 하지 말라는 거야?"

"수색하는 제스처를 취해 보는 것도 나쁘지는 않다는 거야."

"제스처?"

"그래. 켕기는 게 있으면 그에 따라 움직일 테니까."

그리고 그게 그들의 올가미가 될 거라고 노형진은 예상했다.

"그나저나 너한테서 무려 20억이나 받아 내려고 했다니."

"아마 그건 아닐걸."

"아니라고?"

"내가 20억을 주겠다고 할 줄은 그쪽도 몰랐을 거야."

원래 역사에서 노형진은 이때쯤 미국에서 자리를 잡고 잘 살고 있었다.

그리고 이 정도 사건이라면 미국에까지 알려지지는 않았을 것이다.

'그래서 내가 이 사건을 모르는 거겠지.'

알았다면 20억을 주었을 리가 없다.

"아마도 처음에는 보험료만 받아 들고 끝내려고 했겠지."

아이는 죽고 범인은 잡지 못한 채 사건은 비극으로 끝난다.

그들이 노린 건 아마 그 정도일 것이다.

"하지만 생각지도 못하게 내가 끼어든 거고."

무려 20억에 달하는 지원금.

그걸 보고 한유소와 서신아는 머리를 있는 대로 굴렸을 것이다.

'그리고 그게 패인이 된 거겠지.'

아마도 원래 역사에서는 사건이 성공하고, 그들은 그렇게 잊혔으리라.

'하지만 이번에는 잊어버리지 않을 거야, 그 누구도.'

한상희의 사인은 낚싯줄을 통한 질식사

검찰, 한상희는 낚싯줄로 목이 조여졌다고 밝혀

첫 번째 공작은 바로 사인의 발표였다.

사실 그걸 알아내는 것은 어려운 일이 아니었다.

오광훈은 그걸로 방향을 슬쩍 틀었다.

"한유소 씨, 같이 낚시하는 분들이 있으십니까?"

"네?"

오광훈은 한유소를 쥐고 흔들기 시작했다.

"살인에 사용된 도구가 낚싯줄이더군요. 그래서 여쭈어보는 겁니다. 낚시 도구가 있으시기에요."

"아, 네……."

"아무래도 원한에 의한 살인인 만큼 확실하게 해야 합니다. 아실지 모르겠지만, 원한이라는 게 꼭 돈 때문에 생기는 건 아니거든요."

미친놈들에게 원한은 단순히 피해가 아니라 자기 이득의 손실로도 발생한다.

가령 자리 좋은 낚시터를 선점당했거나 하는 걸로도 원한은 발생할 수 있다.

"바다낚시를 좀 하기는 하지만 몰려다니면서 하지는 않습니다."

"그러면 낚시를 하시면서 싸우거나 그런 일은 없었습니까?"

"없었습니다. 저는 혼자서 조용히 낚시하는 걸 좋아해서요."

슬쩍슬쩍 질문을 던지던 오광훈은 돌연 다른 질문을 던졌다.

"그러고 보니 한유소 씨, 상희한테 생명보험이 들어 있더군요."

한유소는 살짝 흠칫했다.

티가 거의 나지 않았지만, 한유소를 의심하고 있던 오광훈이 캐치하기에는 충분한 정도였다.

"아, 네. 아버님이 들어 주셨습니다."

"아버님이요?"

"네, 아버님이 상희를…… 많이 가여워하셨거든요."

하긴 손녀라고 태어났는데 장애를 가지고 있으니 불쌍할 수밖에 없다.

'생명보험이라는 게 단순히 죽을 때만 적용되는 건 아니니까.'

사실 사람이 죽으면 돈을 준다는 의미에서 생명보험이라고 하지만, 사실 그건 수많은 옵션 중 하나일 뿐이다.

그 보험 안에는 상해나 질병 같은 옵션들이 다 들어가 있다.

장애를 가진 아이의 경우는 사고 가능성 역시 무시할 수 없기에 그 옵션으로 생명보험이 들어간 것이고 말이다.

"그래서 그 보험금은 받으셨습니까?"

"아니…… 아직 못 받았습니다."

모두의 시선이 이쪽으로 쏠려 있으니 당연히 보험사에 보험금을 달라고 할 수는 없었으리라.

"그렇군요."

마치 다 안다는 듯 고개를 끄덕이는 오광훈.

"그나저나 힘드시겠네요. 그 보험금도 결국 압류될 테니."

“아…….”

피도 눈물도 없는 은행이다.

보험료 10억. 은행에서 그걸 가만히 두고 볼 리가 없다.

당연히 한유소와 서신아가 보험금을 받는 순간 통째로 압류할 것이다.

“은행 놈들, 해도 해도 너무한다니까요.”

고개를 절레절레 흔드는 오광훈.

“그래도 걱정하지 마십시오. 제가 최소한 범인만은 확실하게 잡겠습니다.”

“감사합니다. 그러면 저희 상희도 천국에서 웃을 겁니다.”

“그럼요. 천국에서라도 웃게 해 줘야지요. 아무 죄도 없는 아이인데.”

그렇게 말하며 오광훈은 의미를 알 수 없는 미소를 지었다.

“그래서 저희가 지금 대관령을 뒤지고 있습니다.”

“대관령을 뒤진다니요?”

“범인이 녹음기와 블랙박스를 가지고 가지 않았습니까? 저희가 봤을 때는 그걸 직접 가지고 가지는 않았을 테니 절벽으로 버린 게 분명합니다.”

“네? 어째서요?”

“확실한 증거니까요.”

입구를 막았는데 그는 나오지 않았다.

그 말은, 그놈이 짐을 가지고 절벽을 타거나 다른 길을 이용했다는 거다.

"그렇다고 해서 저희를 다 피할 수 있다고 생각하지는 못했을 겁니다. 그 당시에 검문소가 생각보다 꼼꼼했거든요."

당연하게도 그것들을 가지고 이동하다가 우연히 검문이나 순찰에 걸리면 빼도 박도 못한다.

"그래서 그것들을 절벽 쪽으로 던졌다고 생각하고 있습니다. 지금 경찰 4개 중대와 산악 전문가들을 동원해서 꼼꼼하게 절벽 쪽을 수색 중입니다. 시간은 좀 들겠지만, 분명 찾아낼 수 있을 겁니다. 걱정하지 마세요."

오광훈은 한유소를 다독거리면서 말했다.

범인을 꼭 잡을 수 있을 거라고, 그러니 걱정하지 말라고.

그리고 그는 한유소의 눈빛이 조금씩 변하는 걸 보면서 속에서 끓어오르는 분노를 애써 삼켰다.

"여보, 정말 괜찮을까요?"

"일단 경찰이 우리한테 떠났으니까 괜찮아."

아이가 살아 있다면 협상이나 협박 시도가 올 테니 경찰은 당연히 한유소와 서신아에게 달라붙어 있어야 한다.

하지만 이미 아이는 사망했고, 그 상황에서 경찰이 유가족들과 같이 있을 이유는 없다.

이제부터는 유괴 사건이 아니라 납치 살인 사건이기 때문이다.

"더군다나 내가 말했잖아, 녹음기랑 블랙박스를 찾느라 여기를 꼼꼼히 수색한다고 했다고. 이 이상 수색이 진행되면 가방도 발견될 수도 있어. 그렇게 됐으면 좋겠어?"

"아니, 그건 절대 안 되죠."

"그러니까 일단 우리가 먼저 가방을 찾아서 감추자고. 혹시나 해서 묻는 건데, 그거 두 개 다 확실하게 박살 냈지?"

"그럼요. 꼼꼼하게 가루로 만들어서 뿌렸어요. 조각은 찾을 수 있을지 몰라도 절대 그 내용물은 확인 못 해요."

"어서 찾으러 가자고."

그들은 늦은 밤, 대관령에서 낑낑거리면서 가방을 옮기느라 정신이 없었다.

무려 20억이다.

전 재산을 다 날리게 생긴 상황에서 그건 절대 잃어버릴 수 없는 돈이었다.

"이상 없어?"

"괜찮아요. 여기 보세요."

가방을 열자 보이는, 잔뜩 쌓여 있는 5만 원권들.

그걸 보고 한유소는 얼굴이 환해졌다.

"빨리빨리 하자. 그래도 혹시 모르니까 여기에 오래 있으면 안 좋아."

"이 시간에 누가 오겠어요?"

"혹시 모를 일이라고. 내일 아침에 경찰이 찾아올 수도 있잖아. 집에 돌아가 있어야지."

낑낑거리면서 네 개의 가방을 모두 찾은 한유소와 서신아.

혹시 몰라서 그들은 가방을 하나하나 열어 보면서 내용물을 확인했다.

그리고 마지막 네 번째 가방을 열어 보는 그 순간.

펑.

"꺄아악!"

"으아악!"

갑자기 뭔가가 터져 나오면서 그들에게 날아왔다.

두 사람은 다급히 물러났지만 이미 뒤집어써 버린 뒤였다.

두 사람이 멍하니 그걸 바라보고 있을 때였다.

갑자기 위쪽에서 차량의 헤드라이트가 보이더니 점차 가까워지기 시작했다.

한두 개도 아니고 여러 개가 급격히 가까워지더니, 다급하게 현장을 떠나려고 하던 두 사람을 에워쌌다.

"아이고, 이게 누굽니까?"

차에서 내린 오광훈.

그는 도난 방지용 물감을 뒤집어쓴 두 사람을 보면서 씩 하고 웃었다.

"송사리나 잡으려고 어망을 놨는데 잉어 새끼가 걸렸네?"

"이건…… 오해가……."

"오해요?"

오해라고 말하려고 하는 한유소에게, 오광훈은 피식하고 비웃음을 날렸다.

"그 오해는 검찰에 가서 푸시지요. 일단 기자들하고 함께 말입니다."

두 사람은 똥 씹은 표정이 되어 버렸다.

하늘의 죄인

한유소와 서신아의 체포 소문은 빠르게 퍼져 나갔다.

물론 증거가 없이 체포했다면 아마 검찰은 가루가 되도록 까였을 것이다.

하지만 이번에는 증거가 있었다.

—한유소와 서신아는 대관령 현장에서 은닉 자금을 빼돌리기 위해 돈을 꺼내던 중 저희 검찰의 수사망에 발각되었습니다.

—은닉 자금이라는 게 뭔가요?

—아이의 몸값으로 독지가가 내준 20억입니다. 오광훈 검사는 해당 지역을 수색하던 도중 은닉된 자산을 발견하고, 범인이 회수하러 올 거라 생각해서 현장을 감시하고 있었습니다.

-그 말은, 그 돈을 납치범이 가지고 가지 않았다는 소리인가요?

-그렇습니다. 그 돈은 낚싯줄에 고정되어 절벽의 덤불 속에 은닉되어 있었으며…….

검찰에서 이번 사건을 브리핑하자 기자들은 눈이 벌게져서 매달렸다.

아무리 잠잠해지고 있었다곤 해도 대한민국을 발칵 뒤집어 놓은 사건이었고, 그 뉴스를 보면서 국민들은 가슴을 졸였으며 한상희의 유해가 발견되면서 같이 울기도 했으니까.

그런 사건에서 부모가 아이의 몸값을 빼돌렸다는 소식은 이만저만 충격적인 것이 아니었다.

"개새끼들."

뉴스를 보던 오광훈은 다시금 열이 받치는지 이를 빠드득 갈았다.

"현장에서 그냥 내던졌어야 했는데."

"그게 그렇게 쉬운 일이라면 얼마나 좋겠냐. 하지만 그렇게 쉽지 않으니까 문제인 거지."

노형진은 혀를 끌끌 차면서 말했다.

그도 화가 안 나는 건 아니다.

하지만 그렇다고 해서 사람을 재판도 없이 죽일 수는 없는 노릇이다.

"물론 한상희의 원한은 풀어야겠지만."

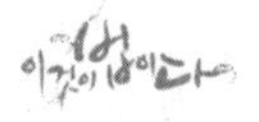

"씨발, 저거 사형시켜야 하는데."

"입 안 열지?"

"그래. 개 같은 새끼들이 헛소리하고 자빠졌더라."

"그럴 거야. 자기들도 살인죄로 형 살고 싶지는 않을 테니까."

그들은 현재 자기들이 돈을 빼돌린 것은 사실이나 한상희를 죽이지는 않았다고 딱 잡아떼고 있는 상황이었다.

"죄다 존속살인으로 확 넣어 버려야지."

"그랬으면 좋겠는데 안 된다."

"응? 그게 뭔 소리야?"

"한자 공부 좀 하라고 했지? 존속은 위쪽이야. 할아버지, 할머니, 아버지, 어머니, 장인, 장모 같은 사람들. 딸이면 존속이 아니라 비속이지."

"달라?"

"다르니까 문제인 거야. 한국에서는 직계비속을 죽인 비속살인죄라는 건 없거든. 그런 경우는 일반 살인죄가 적용돼."

"니이미!"

"니미고 나발이고. 그래도 판사들이 어지간히 병신이 아닌 이상에야 가중 형량을 때릴 테니까 너무 화내지 말라고."

물론 특수한 경우, 즉 산후 우울증으로 인해 제정신이 아니라거나 집단 자살을 시도했는데 자기는 살고 자식만 죽었다거나 하는 식의 경우는 그나마 조금이라도 선처해 주지만, 지금처럼 돈을 노리고 살인한 경우는 최고 형량이 나온다.

"그리고 그건 네가 할 일이고."

"내가?"

"아동 학대 범죄의 처벌 등에 관한 특례법이라고 있어. 비속 살인죄는 없지만, 그걸 적용해서 가중처벌 하면 아마 최고 형량이 나올 거야. 무난하게 무기징역은 나오겠지."

아동 학대 범죄의 처벌 등에 관한 특례법은 2014년 생긴 법이다.

"다만 문제는 살인을 증명하는 데 성공했을 때의 이야기라는 거야."

현재 그들은 자신들은 그렇게 기증된 돈을 빼돌렸을 뿐 살인은 하지 않았다고 주장하고 있다.

실제로 그들이 살인했다는 증거는 하나도 없다.

낚싯줄 같은 건 어딜 가나 구할 수 있는 물건이니까.

단돈 몇천 원이면 살 수 있는 물건을, 현장도 아닌 집에서 발견했다고 증거로 삼을 수는 없다.

"그들도 그 정도는 예상하고 범죄를 저질렀을 테고."

노형진이 추측하기로, 아마도 납치한 것은 한유소였을 것이다.

서신아는 그 전날 간단한 사고가 나서 자가용 차량을 입고시켰다.

그래서 평소에 자가용 차량으로 데리고 다니던 아이를 택시로 데리고 오려고 했다고 증언했었으니까.

그러나 사실 그건 핑계를 만들기 위해서였고, 이후 한유소는 버려진 차량을 이용해서 아이를 납치했을 것이다.

"아마도 상희를 죽인 후에 집으로 와서 서신아를 붙잡고 대성통곡했을 거야. 손가락을 잘라서 넣은 것도 본인일 테고."

다른 사람도 아닌 자기 딸의 손가락을 말이다.

"악마도 그런 짓은 못 할 거다."

"때때로 악마보다 더한 것이 인간이야."

노형진은 고개를 절레절레 흔들었다.

노형진과 말을 주고받으며 곰곰이 생각하던 오광훈이 입을 열었다.

"그러면 그놈들의 살인은 어떻게 증명하지?"

"이제 시선을 돌려 보자고. 어차피 그놈들은 절대 인정하지 않을 테니까."

그들이 돈을 빼돌린 사실을 인정한다고 해도, 결국 그걸로 처벌할 수 있는 것은 기껏해야 횡령뿐이다.

그 돈을 주지 않아서 아이가 죽었다면 모를까, 이미 아이가 죽은 상태이다 보니 진짜 다른 범인이 있다고 해도 종범으로 처벌할 수도 없다.

그리고 그건 기껏해야 2년 정도 살고 나오면 끝날 일이다.

"시선을 돌리자고?"

"내가 말했잖아, 차량 말이야. 그거 조사 결과 안 나왔어?"

"차량? 아! 차량! 그러네, 차량! 한유소 그 새끼한테 신경 쓰느라고 미처 생각 못 했네."

"그걸 확인해 봐. 그게 우리를 증거로 이끌어 가 줄 테니까."

노형진은 확신하듯 말했다.

납치에 사용된 오래된 승합차. 그 차량의 지붕에서는 여러 가지 먼지와 함께 화합물이 나왔다.

그리고 그걸 분석해 본 결과도 나왔다.

"카본과 차량용 페인트 같은 게 좀 섞여 있고……."

예상대로 여러 가지 화합물이 나왔다.

그리고 그에 기초하여 판단한 결과, 그 차량이 있었던 곳은 차량 공장 지대라는 결론이 나왔다.

정확하게는 차량을 만드는 게 아니라 수리하는 내형 수리소 근처라는 거다.

작은 수리소에서 이런 물질들이 나오지는 않을 테니까.

"하지만 그런 장소가 어디 한두 곳이냐고. 한국에 차량 수리 센터가 어디 한두 군데야?"

매일같이 신차가 판매되고 다시 차가 사고가 나서 수리에 들어가는 일상. 그건 한국에서는 당연한 일상이다.

"당연한 일상이지만 우리에게는 의심스러운 사람이 있잖아, 한유소와 서신아. 그 둘이 다니는 코스를 확인해 봐야지."

"그 둘이 다니는 코스?"

"그래. 처음으로 차에 시동을 건 사람이 누구겠어?"

"어? 그건……."

차에 시동을 걸고, 나중에도 다시 걸 수 있게 한 사람은 분명 있다.

그러나 한유소와 서신아는 애초에 이과 계열이 아니다.

이과 계열이라고 해도 결국 자동차 전문가만 할 수 있는 일.

그걸 그들이 했을 가능성은 높지 않다.

"누군가가 그 차에 시동을 걸어 주고 나중에도 다시 쓸 수 있게 해 줬을 거야. 당연히 그 사람과 접촉할 만한 곳은 동선 내에 있을 테고."

다짜고짜 아무 정비소나 가서 '돈을 줄 테니 이 차의 시동을 걸어 주십시오.'라고 한다고 한들 누가 그 말에 따라 주겠는가?

아무리 버려진 차라고 해도 그건 명백하게 절도에 들어가는 행위인데.

"그러니까 분명 그걸 해 준 사람이 있어. 그리고 그 사람이 있는 곳은 그 차량 가까이일 테고."

한유소와 서신아의 동선을 보면 그러한 정비소와 접점이 없다.

"차량을 입고시킨 곳일까?"

"공식 서비스 센터라며? 그러면 그럴 가능성은 높지 않지."

자신들의 존재를 감추고 싶은데 그곳 사람을 쓸 리는 없다.

그리고 공식 서비스 센터라면 당연히 차량 주인인지 확인을 할 테니까.

애초에 차량 주인으로 확인되더라도, 엄밀하게 말하면 차량을 견인해 와서 공장에서 요청을 처리하는 것이 올바른 절차다.

공장이 아닌 곳에서 요청대로 시동을 걸어 주면 나중에 문제가 생길 가능성이 높으니까.

가령 명의는 그 사람이 맞지만 차량이 압류된 것이라거나 할 수도 있기 때문이다.

"동선이라……."

노형진의 말에 오광훈은 고개를 끄덕거렸다.

동선을 추적하는 것은 쉬운 일이니까.

"한번 알아보도록 하지."

그렇게 해서 추적이 시작되고 얼마 지나지 않아 의심스러운 현장이 나왔다.

한유소는 자기 사업을 했다.

그런데 그곳 납품업자 중 한 명이 수원에 있었다.

"수원에 자동차 정비 골목이 있어."

"골목?"

"골목이라기보다는 지역이라고 하는 게 맞겠네."

시 외곽에 위치한 곳으로, 그곳에는 자동차 수리소만 무려 여덟 곳이 몰려 있었다.

간단한 정비야 일반 정비소에서 할 수 있지만 판금이나 도색같이 난이도가 있는 곳은 다 그곳으로 몰렸다고 한다.

"그리고 그 동네에 거래처가 있고. 기록을 보니 일주일에 두 번 이상은 그 지역을 찾았더라고."

아무래도 공장 지대는 가격이 싸다 보니 여러 공장이 있기 마련이다. 설사 그 지역이 자동차 전문 공장이라고 해도 다른 공장이 없으라는 법은 없다.

"그러면 그 거래처라는 곳을 족쳐 봐야겠네."

노형진은 결론을 내렸다.

그런 곳이라면 당연히 그 지역의 정비소 사람들과 잘 알고 지낼 테니까.

"족치다라……. 그거 내가 가장 잘하는 건데."

오광훈은 씩 웃으며 말했다.

"영혼까지 털어 줄게, 후후후."

권장만은 땀을 삘삘 흘렸다.

분명 에어컨이 돌아가고 있는데도 불구하고 땀이 멈출 줄을 몰랐다.

"이 차, 아시죠?"

사신의 앞으로 들이밀리는 사진.

그걸 보면서 그는 고개를 흔들었다.

"모릅니다."

"모른다고요? 장난하시나요? 지금 이 차가 당신 회사 앞에 약 2년 전부터 주차되어 있었다는 증언을 몇 개나 확보했는데?"

왜 그 차가 거기에 버려진 건지는 모른다.

하지만 2년 전 어느 날부터 세워져 있었고, 움직이지 않은 채로 자리만 차지하며 먼지만 뒤집어썼다.

"그리고 이 차를 범인이 사용했고 말입니다."

"……."

"그런데 이 차에 대해 모른다?"

"네, 모릅니다."

"그 범인이 한유소 씨의 따님인 한상희 씨를 죽였는데? 아니면 한유소 씨가 범인이든가."

"유소 씨는 그럴 사람이 아닙니다."

"그러면 그럴 사람은 당신이라는 거네."

범인이 쓴 대포차가 회사 앞에 2년 동안이나 주차되어 있었는데 모른다는 건 말이 안 된다.

그리고 차에 대해 알면서도 모른 척한다면 의심을 받을 수밖에 없다.

"그러고 보니 이상하네."

"뭐가 말입니까?"

"한유소를 믿어 주는 척하는 건 좋은데 당신, 한유소한테 받지 못한 돈이 좀 있지?"

"네, 한 300만 원 정도……."

그다지 큰돈은 아니다.

그래서 한유소가 부도가 났을 때도 그렇게 안달복달하지는 않았다.

"혹시 당신이 범인 아냐?"

"네?"

"그렇잖아. 금전적으로 피해를 입어서 원한도 가지고 있고, 범행에 사용된 버려진 차량도 당신 회사 앞에 있었고."

"아닙니다! 아니에요!"

"아니긴 뭐가 아니야? 그러고 보니 당신, 한유소가 낚시를 좋아하는 것도 안다면서?"

"어, 그게…… 저도 낚시를 좋아해서……."

"어? 한상희가 낚싯줄로 죽었는데. 이 새끼가 범인이네!"

오광훈은 호들갑을 떨면서 말했다.

그러자 권장만은 화들짝 놀라며 부정했다.

"아니라니까요! 낚시 좋아하는 사람이 한두 명도 아니고!"

"아니라면서 왜 그렇게 모른 척 잡아떼는데?"
"모른 척이라뇨? 전 정말 모른다니까요!"
"그래, 모를 수도 있겠지. 하지만 대질해 보면 되지 않겠어?"
"뭐라고요?"
"한번 대질심문 해 보자고."
오광훈은 피식 웃으면서 대질심문을 준비했다.
사실 대질심문을 준비하는 건 어려운 일이 아니었다.
그냥 한유소만 데리고 오면 되는 일이었으니까.

그렇게 오광훈을 사이에 두고 대면하게 된 두 사람.
어색한 분위기 속에서 오광훈은 날카롭게 물었다.
"한유소 씨, 권장만 씨 아시죠?"
"알고 있습니다."
"권장만 씨도 한유소 씨를 아실 테고."
대질심문.
당사자 두 명을 서로 만나게 하고 동시에 심문을 진행함으로써 진실을 찾아내는 방법이다.
주로 둘 중 하나가 몰락할 수밖에 없는 경우에 많이 쓰인다.
둘 중 하나가 거짓말하고 있다면 서로 대질시켜서 책임지게 하고 그걸로 싸우게 함으로써 결국 불리한 사람이 진실을 말하게 하는 방법이다.
"한유소 씨, 권장만 씨가 당신한테 원한 가진 거 있습니까?"

권장만을 바라보는 한유소.

그는 이해가 가지 않는다는 듯 계속 권장만과 오광훈을 번갈아 가면서 바라보았다.

"네?"

오광훈은 그런 그를 보면서 혀를 끌끌 찼다.

"거참, 권장만 씨가 따님인 한상희 양을 죽일 이유가 있느냔 말입니다. 당신이 죽이지 않았다면, 범인을 찾아야 하지 않습니까?"

틀린 말은 아니다.

순간 한유소의 눈빛이 광기로 물들었다.

"이 개새끼! 너였구나! 너였어! 상희를 죽인 게 너였어!"

당장이라도 달려들어서 권장만의 목을 조르려고 하는 한유소.

물론 그런 그의 행동은 수갑에 묶여 있는 바람에 성공할 수가 없었다.

"자, 자! 진정하시고. 권장만이가 당신한테 원한이 있는지 그것만 말하라니까."

"저한테 원한이 있습니다! 제가 금전이 부족해서 300만 원을 못 줬는데, 그걸로 계속 트집 잡고 괴롭히고 제 숨통을 조여 왔습니다."

"아니…… 내가 왜!"

권장만은 숨이 턱하니 막혔다.

고작 300만 원이다.

그의 입장에서는 한 달 수입의 절반도 안 되는 돈.

그걸 가지고 자기가 미쳤다고 사람을 죽인단 말인가?

그러나 한유소의 말은 점점 뻔뻔해졌다.

"20억을 요구한 것도 이놈입니다. 자기도 상황이 안 좋다고, 저한테 20억을 빌려 달라고 한 적이 있습니다."

"오호? 그러니까 300만 원은 그냥 단순 원한인데 목적은 20억을 빌리는 거다?"

"네, 저희 집이 잘사는 거 알고 빌려 달라고 하더군요. 하지만 제가 돈이 없어서……."

모든 죄를 슬쩍 권장만에게 뒤집어씌우는 한유소.

그러자 권장만은 당황해서 항변했다.

"이 개새끼야! 내가 언제! 와, 씨발! 존나 억울하게 하네, 이 씹새끼가!"

"야! 조용히 안 해!"

갑자기 소리를 버럭 지르는 오광훈.

오광훈은 이글거리는 눈빛으로 권장만을 바라보았다.

'여기서 권장만한테 불리하게 하라 이거지?'

어차피 공정하게 해도 시간만 오래 끈다. 그러니 한쪽, 정확하게는 잃을 게 많은 권장만에게 불리하게 상황을 이끌어라.

그게 노형진이 오광훈에게 알려 준 팁이었다.

그리되면 권장만은 자신이 살기 위해서라도 입을 나불거

릴 수박에 없다.

"야?"

"너 여기가 어딘지 알아? 알고나 입을 나불거려? 이런 간땡이가 부운 새끼를 봤나."

권장만은 멍하니 오광훈을 바라보았다.

지금까지 존댓말 하던 그 검사는 사라지고 무서운 악귀만이 보였다.

"그래, 너. 안 했다는 증거 있어?"

"네?"

"안 했다는 증거 있냐고."

"안 했다는 증거라니요."

"그러니까 네가 납치 살인을 안 했다는 증거가 있느냐고 묻는 거잖아."

"그런 게 있을 리가 없지 않습니까?"

"그래?"

그 말에 묘한 표정이 되는 오광훈.

그는 바로 자리에서 일어났다.

"답 나왔네. 한유소 구치소로 돌려보내고 기자회견 준비해. 한상희 납치 살인 사건의 유력 용의자를 체포했다고. 그리고 권장만 구속영장 청구하고."

"네, 검사님."

수사관들은 주저하지 않고 한유소를 데리고 나가 버렸다.

당연하게도 권장만은 다급하게 오광훈에게 매달렸다.

"아닙니다! 아니에요! 진짜 아니에요!"

"그러니까 증거를 대라고, 증거를! 차도 너희 회사 앞에 있었는데 그걸 몰랐다는 게 말이나 돼? 어? 그러니까 네가 안 했다는 증거를 대라고."

권장만은 사실대로 말하기 시작했다.

"사실은 제가 아니라 다른 사람이 그 차를 열어 줬습니다. 거기에 버려진 차가 있다는 걸 말해 준 건 저이기는 한데……."

"누구?"

"그게……."

"어디서 구라를 치려고. 야, 이것도 엮어."

"제 동생입니다, 권주만이라고."

"동생?"

"네……. 동생이 근처 정비소에서 일하고 있습니다!"

"웃기네. 자기가 살려고 동생한테 뒤집어씌워?"

"아닙니다. 아니에요. 진짜 아닙니다."

그는 다급하게 사정을 말했다.

"사실은 동생이 전과가 있어서 잘못 말하면 잡혀갈까 봐 그랬습니다."

권장만의 동생 권주만은 차량 절도 전과가 있는 사람이었다. 그 때문에 다시 한번 걸리면 감옥에 갈 수도 있는 상황.

그래서 권장만은 사실을 말할 수가 없었던 것이다.

'하지만 자기가 죽는다면 이야기가 달라지지.'

다른 것도 아닌 납치 살인이다.

설사 나중에 진실이 드러난다고 해도, 뉴스에 납치 살인 용의자로 보도되는 순간 그의 회사는 끝장난다.

"그래요?"

다시 존댓말로 바뀌는 오광훈의 말투.

그 말투에서 기회를 잡았다고 생각한 건지 권장만은 다급하게 매달렸다.

"진짜입니다. 진짜로 동생이 해 준 겁니다."

사건은 간단했다.

감옥에 갔다 온 동생은 다행히 정비소에서 일자리를 얻었고, 권장만이 자신의 공장 근처에 집을 마련해 줬다고 한다.

마음잡고 살겠다는데 형제끼리 내칠 수는 없었으니까.

그렇다 보니 자연스럽게 한유소와도 어울리게 되었다는 것.

그러던 와중에 왔다 갔다 하던 한유소가 그 버려진 차량에 관심을 보였고, 그걸 쓸 수 있느냐고 물었다고 한다.

당연히 버려진 차인 걸 아는지라 주인이 누군지도 모른다고 대답했는데, 그 말을 들은 한유소가 동생인 권주만에게 시동을 걸어 줄 수 있느냐고 물었다는 것.

차량 절도 경험이 있는 권주만은 영 탐탁잖아 했지만 권장만 입장에서는 어찌 되었건 한유소가 자신들에게 일거리를 주는 갑이었기 때문에 동생에게 부탁했다고 한다.

진짜 주인이 있는 것도 아니고 버려진 차라는 게 뻔하게 보였으니까.

차체는 썩어 가고 먼지로 가득하며 타이어는 바람이 빠져서 바퀴가 주저앉아 있는 차였다.

더군다나 2년이나 지났으니 당연히 내부 정비를 하지 않으면 시동이 걸릴지조차도 불확실했다.

"그래서 동생이 정비해 준 겁니다."

타이어를 갈아 끼우고 엔진을 손보고 시동을 걸어 줬다.

"하지만 동생의 전과가 있다 보니 얘기할 수가 없어서……."

"이제 와서 그 사실을 말하면 뭐가 달라집니까?"

"제가 살인으로 감옥에 가면 동생도 해고당합니다. 그건 안 됩니다."

자동차 절도 전과가 있는 사람이 자동차 정비소에 취업한다는 건 절대 쉬운 일이 아니다.

권장만이 주변의 인맥을 통해 읍소해서 취직시켜 준 덕에 이제야 동생이 자리 잡고 정신 차려서 살고 있는데, 자신이 그렇게 된다면 범죄자 집안이라고 쫓겨날 건 당연한 일.

"제발…… 제발 선처를 부탁드립니다. 제발……."

"그래요?"

오광훈은 확실하게 꼬리를 잡았다고 생각했다.

"그거 증언하실 수 있죠?"

"네?"

"증언해 주신다고 하면 제가 선처해 드리지요."
"선처요?"
"이런 경우는 점유이탈물횡령죄가 되는데."
"저…… 점유이탈물횡령죄요?"
"그렇습니다."
그 차량의 주인은 따로 있다.
그런데 그 차량의 주인은 망해서 사라진 기업이다. 그러니 처벌을 강력하게 요구할 수는 없다.
그렇다고 채권자가 그 주인이라고 할 수도 없는 상황.
법률적 과정을 거쳐서 대포차의 소유권이 넘어간 게 아니니까.
"엄밀하게 말하면 피해자가 없는 상황이니까."
다 썩어 빠진 승합차 한 대쯤 있든 없든, 전 회사 주인이 감옥에 가는 건 피할 수 없는 일이었다.
애초에 전 회사의 주인이 감옥에 간 건 승합차가 없어서가 아니라 회사에서 공금을 횡령했기 때문이니까.
"증언해 주시면 벌금으로 끝내 드리지."
"벌금요?"
"내가 점유이탈물횡령죄로 벌금 200만에 맞춰 드릴게. 법원에서는 아마 뚝 잘라서 한 100만 원 나오겠지."
권장만의 눈빛이 파르르 떨렸다.
벌금이야 내면 그만인 거고 주변에 알려질 일도 없다.

설사 알려진다고 해도 사업하다 보면 이러저런 이유로 벌금을 맞는 일이 많아서 딱히 신경 쓰는 사람도 없고 말이다.

"진짜입니까?"

"아, 물론 정식으로 증언해 주면. 만일 해 주지 않는다면 범인은닉에 걸려서 종범으로 처벌받습니다."

"범인은닉요?"

그게 무슨 소리인가 하고 물어보려던 권장만은 순간 튀어나오려던 비명을 가까스로 억눌렀다.

그 말의 의미를 뒤늦게 깨달은 것이다.

"설마 범인이……?"

"한유소가 왜 당신을 잡아먹으려고 덤볐는데."

한유소 입장에서는 누구에게라도 죄를 뒤집어씌워야 한다.

그래야 자신이 산다.

그리고 검찰이 먹잇감을 던져 주자 거기에 매달린 것이다.

"이…… 개 같은……."

그 상황이 그때는 이해가 가지 않았던 권장만이었다.

하지만 상황이 이해가 가자 도무지 용서가 되지 않았다.

"증언하겠습니다. 하게 해 주세요."

"좋아요."

피식 웃는 오광훈.

"이제 같이 조서를 써 볼까요?"

“거의 다 잡았다, 이 개새끼.”

이를 빠드득 가는 오광훈.

권장만의 증언으로 한유소가 그 차량을 이용했다는 증거는 나왔다.

“하지만 살인의 직접적인 증거는 안 나왔지.”

“아, 또 뭔데! 거기서 후려치고 끌고 간 거, 그 새끼 맞잖아!”

“그래. 하지만 상대방 변호사가 어떻게 나오겠어?”

“뭐?”

“잊지 마. 내가 변호사라고. 나라면 한유소가 그 차량을 넘겨받은 건 맞지만 납치에 사용한 건 그가 아니라고 주장할 거야. 어차피 시동은 아무나 걸 수 있는 상황 아니었어?”

“아, 씹…….”

그랬다.

권장만의 동생인 권주만은 없는 열쇠를 달 능력은 안 된다.

그렇다고 주인도 아닌데 공식 서비스 센터에 가서 열쇠를 달아 달라고 할 수는 없다.

그래서 배선을 연결해서 누구나 걸 수 있게 해 놨다.

“누가 훔쳐 가서 썼다고 하면 어쩔 건데?”

“뭔 개 같은 변명이야?”

“개 같은 변명이지만, 가능한 변명이지. 뭐, 그런다고 해서 살인이 무죄가 나올 가능성은 없어 보이지만."

정황증거는 정황증거일 뿐이다.

물론 이것만으로도 사실 살인은 충분히 증명할 수 있다.

"하지만 너무 쉽잖아."

"너무 쉽다고?"

"그래, 너무 쉽지. 상희가 받은 그 고통에 비하면 말이야."

친아빠가 자신의 손가락을 자르는 걸 느끼면서 얼마나 두려웠을까?

설혹 손가락은 죽은 후에 잘랐다 해도, 자신의 목을 조르는 친아빠의 모습에 얼마나 큰 절망감을 느꼈을까?

지적장애아라고 누군가는 놀릴지 모른다.

하지만 그 때문에 더욱 순수하게 부모를 믿고 따랐을 아이다.

그런 아이의 손가락을 자르고 자기 손으로 죽인 한유소와 서신아.

"그놈들한테 그렇게 쉽게 실형이 나오면 재미없잖아."

말 그대로 나락으로 떨어트리고, 면상을 모두에게 공개하고, 상희가 받았던 고통의 100분의 1이라도 받게 해 줘야 한다.

"하지만 그런 게 가능해?"

"조금은 가능하지. 현장검증."

"현장검증?"

"그래."

그가 했던 모든 행동들.

그걸 현장에서 재현하고, 그 모습을 방송에 내보내고, 사람들이 목도하게 함으로써 노형진은 그들을 지옥으로 처박을 생각이었다.

"하지만 그러기 위해서 가장 중요한 건 바로 현장이지."

현장이 어딘지도 모르는데 현장검증을 할 수는 없다.

시신이 발견된 곳은 사람이 다니지 않는 그 굴다리 아래지만, 여러 정황상 그곳은 살인 현장이 아니었다.

"그래, 좋은 생각이네."

오광훈도 그 현장에서 보일 모습을 예상했는지 잔인한 미소를 떠올렸다.

"그러면 그 현장을 어떻게 찾지?"

"뭐, 어렵게 갈 필요 있겠어?"

노형진은 빙긋 웃었다.

"내가 알아내면 되는 거지."

"어떻게? 아니, 넌 담당 변호사도 아니잖아?"

"하지만 난 동시에 피해자이기도 하지."

"피해자? 아!"

노형진은 그들에게 20억을 줬다.

아이를 살리기 위해 준 돈이다.

그런데 그놈들은 그걸 자기들이 먹으려고 하다가 이 모든 게 발각되었다.

그렇다고 해서 그 20억이 노형진에게 돌아왔을까?

애석하게도 아니다.

그 20억은 증거로 취급되어서 아직 검찰에서 보관 중이다.

물론 사건이 종료되면 돌아올 테고 물감에 오염된 돈은 한국은행으로 가지고 가면 신권으로 교체해 줄 테지만, 그렇다고 해도 피해자인 것은 여전히 사실이다.

"피해자로서 그놈 면상 좀 보는 게 어려운 일이겠어?"

"어려운 일은 아닌데, 그놈이 어디서 죽였는지 과연 말할까?"

"안 해도 상관없어."

노형진은 주먹을 꽉 쥐면서 말했다.

"내가 알아낼 테니까."

⚖

수사가 진행되자 오광훈은 노형진과 한유소를 불러들였다.

물론 구치소에서 만난 것이었다.

"그래서 한유소 씨."

노형진은 어느 때보다 차갑게 말했다.

"당신의 욕심의 결과가 이겁니까?"

"나는 안 죽였습니다. 진짜예요. 나는 안 죽였어요."

눈물을 흘리면서 말하는 한유소.

그 옆에 있는 변호사는 당연하다는 듯 말했다.

"보시다시피 한유소 씨는 사람을 죽인 적이 없습니다. 그런데 하물며 자기 딸을 죽이다니요? 물론 과한 욕심을 부리기는 했지만, 그걸로 살인죄까지 뒤집어씌우고 진범은 풀어주려고 하다니 너무하네요."

"지랄."

노형진 옆에 있던 오광훈은 비웃음을 날렸다.

"어이, 변호사 양반. 여기 법정 아니야. 입에 발린 거짓말은 하지 말지?"

"저는 진실을 말할 뿐입니다."

"진실 같은 소리 하고 자빠졌네."

오광훈과 그쪽 변호사의 날 선 대화.

하지만 노형진은 이미 진실을 알고 있었다.

"흑흑흑."

테이블에 손을 올려 두고 억울하다는 듯 울고 있는 한유소.

그러자 테이블을 통해 한유소의 속마음이 노형진에게 읽혔다.

'씨발, 재수가 없으려니. 그 돈만 아니었으면 안 걸리는 건데.'

완벽한 계획이었다.

몇 달에 걸쳐 준비했고, 그래서 걸릴 거라고는 꿈에도 생각하지 못했다.

그런데 나중에 지원금으로 들어온 20억, 그걸 보고 그만 눈이 멀었다.

그래서 실수한 것이다.

'뭐, 진실? 진실 같은 소리 하고 자빠졌네.'

진실은 하나다.

'한유소가 딸인 한상희를 죽였다.'

"검사님, 아무리 검사님이라지만 피해자와 피고인의 독대는 좀 그렇지 않습니까?"

"뭐, 불만 있으면 덤벼 보시든가. 어떤 걸로 덤비시게?"

변호사는 눈을 찡그리면서 입을 다물었다.

물론 그걸 일종의 월권으로, 검찰청에 이야기할 수도 있다.

하지만 지금 검찰청은 절대적으로 오광훈 편이다.

단순히 검사라서 그런 게 아니라, 한유소에게 놀아나서 졸지에 무능력하게 범인도 못 잡는 상태가 될 뻔했는데 오광훈 덕에 진실을 알아내고 파고들고 있는 것이니까.

단순히 이 정도의 월권을 가지고 검찰에서 사건에서 오광훈을 배제할 가능성은 없다.

"물론 불만 있으면 말씀하시고. 사후 서비스는 확실하게 해 드릴게."

깐죽거리는 오광훈.

노형진은 그들의 대화를 무시하고 한유소에게 물었다.

길게 물어볼 생각도 없었고 또 더 물어볼 가치도 없는 말.

"한상희, 어디서 죽였습니까?"

"제가 안 죽였습니다! 진짜예요! 변호사님, 제 말 좀 믿어 주세요."

눈물로 하소연하는 한유소.

그러나 노형진은 그 말을 믿지 않았다.

이미 한유소는 머릿속으로 최후의 순간을 떠올리고 있었기 때문이다.

"가자."

"뭐?"

"가자. 더 이상 듣고 싶은 말 없으니까."

"이게 끝이라고? 고작 두 개 질문하고?"

"가자. 시간 끌 필요 없어."

고개를 끄덕거린 오광훈은 뒤도 안 돌아보고 노형진을 따라나섰다.

"뭐야? 뭐 좀 알아낸 거야?"

"그래."

"아니, 어떻게?"

"묻지 마. 대답하기도 싫으니까."

그 최후의 순간. 한유소를 바라보는 한상희의 얼굴이 머릿속에서 맴돌았다.

수많은 기억을 읽었지만 그 어떤 기억보다 고통스러운, 그리고 영원히 잊을 수 없을 그 얼굴.

한상희는 숨이 넘어가는 그 순간까지 아빠인 한유소를 믿고 있었다.

"장소 알아냈다. 가자. 경찰하고 국과수 불러."

"뭐? 그걸 어떻게?"

"나 미다스야. 필요하면 다 알아낼 수 있어."

오광훈은 더 이상 묻지 않았다.

노형진이 뭔가 말하고 싶지 않을 때는 물어봐도 답이 안 나온다는 걸 아니까.

"광훈아."

"응?"

"혹시 너 상희 사진 있냐?"

"뭐? 그건 왜?"

"지옥으로 밀어 넣어 줄 때는 확실하게 밀어 넣어 줘야지."

노형진은 눈을 번뜩이며 말했다.

얼마 후 오광훈은 살인 현장을 찾아냈다고 언론에 공개했다.

현장에서는 한상희의 피와 한유소의 지문이 묻어 있는 펜치가 발견되었다.

그리고 그 옆에 버려져 있던 낚싯줄까지.

모든 증거가 발견되자 살인의 증명은 어렵지 않았다.

하지만 오광훈은 그걸로 끝내지 않았다.

현장검증을 하자고 상부에 우겨서 허가를 받아 낸 것.

사실 증거가 다 있으면 현장검증을 할 필요는 없다.

대부분의 현장검증은 사실 언론을 위한 쇼다.

'그리고 오늘 현장검증에 선물을 보내 준다고 했는데.'

분명 노형진은 오늘의 쇼를 위해 선물을 보내 준다고 했다.

본인이 오지는 않겠지만 오광훈에게 잘 처리해 달라고 하면서.

"도대체 뭘 보내려고 하는 거지?"

"검사님, 검증 준비 거의 끝났답니다. 기자들도 거의 다 왔구요. 시작할까요?"

"응? 아니, 잠깐만 기다려 봐."

뭔지 모르지만 온다고 했으니 기다리기는 해야 한다.

그런데 도대체 무엇이기에 검증까지 늦춰 가며 기다려야 한단 말인가?

"너무 늦으면 안 되는데."

그때 한 대의 차량이 오광훈에게 다가왔다.

"오광훈 검사님?"

"아, 접니다만."

"노형진 변호사님이 보내신 선물입니다. 이렇게 말씀드리면 알 거라고 하시더군요."

"도대체 이게 뭔데요?"

"저도 잘 모르겠는데요."

주는 사람도, 받는 사람도 모르는 물건.

오광훈은 커다란 상자를 받아서 바로 뚜껑을 열었다.

그러자 무언가가 모습을 드러냈다.

그걸 본 오광훈은 얼굴이 딱딱하게 굳었다.

그리고 나지막하게 중얼거렸다.

"지옥으로 보내기 전에 주는 선물로는 딱이네."

⚖

현장검증이 들어가고 한유소가 끌려 나왔다. 기자들은 사진을 찍으면서 취재했다.

"이런 개자식!"

"저놈이 살인범이야?"

사람이 살지 않는 곳이기에 멀리서 온 사람들 말고는 구경꾼은 없었지만, 기자들만으로도 발 디딜 틈이 없는 공간.

"그런데 저거 뭐야?"

"마네킹 아니야?"

현장검증에는 당연히 피해자 노릇을 해야 하는 뭔가가 있어야 한다.

그런 물건은 일반적으로 마네킹을 이용한다.

"마네킹 같지는 않은데. 진짜 애 아니야?"

"야! 미쳤냐? 아무리 생각이 없기로서니 진짜 애를 현장검증에 쓸까?"

"그렇기는 한데……. 하지만 마네킹치고는 좀……."

체형도 그렇고 크기도 그렇고 모양도 그렇고, 마네킹이라기에는 좀 이상했다.

그리고 그게 현장에 완전히 모습을 드러냈을 때, 사람들은 말을 잃었다.

너무나 충격적이었기 때문이다.

"오늘은 이걸로 현장검증 한다."

"검사님?"

"왜, 이걸로는 못 하나?"

"아니요. 합니다. 해야지요."

그걸 받아 드는 경찰.

그리고 미친 듯이 사진을 찍어 대는 기자들.

그게 눈앞에 다가왔을 때, 한유소의 얼굴은 그야말로 창백하게 변했다.

"왜, 볼 자신이 없나 보지?"

그의 눈이 향해 있는 것. 그건 실리콘 인형이었다.

단순하게 만든 물건이 아니었다.

노형진이 한상희의 사진을 참고해서 만든 물건.

그것도 노형진이 기억에서 본 최후의 순간의 얼굴을 하고 있는 물건이었다.

실리콘 인형 기술은 엄청나게 발전했다.

당연히 지금은 비싼 실리콘 인형은 사람하고 똑같이 생겼다, 질감부터 피부까지.

거기다 노형진은 추가 비용을 더 지불하면서까지 최대한 똑같이 만들어 달라고 요청했다.

심지어 온열 기능까지 첨부해서, 사람의 몸과 똑같이 36.5도의 열을 내도록 만들어졌다.

당연히 그 기능을 리모컨으로 끄면 인형은 천천히 식어 갈 것이다.

마치 그날의 한상희처럼 말이다.

오광훈은 그 리모컨을 주머니 속에서 만지작거리면서 차갑게 말했다.

"시작해."

"으응……."

한상희와 똑같이 생긴 인형. 그걸로 시작되는 현장검증.

그 장면이 너무나 진짜 같았기에 기자들은 파래진 얼굴로 입을 꾹 다물고 그저 사진기만 들이밀 뿐이었다.

차에서 끌어내리는 장면, 끌고 가는 장면, 그리고 한상희의 손가락을 자르기 위해 펜치를 들이대는 장면.

그러나 그 장면에서 한유소는 그대로 멈춰 버렸다.

그때와 똑같은 표정으로 자신을 바라보고 있는 인형.

손이 벌벌 떨리고 눈물이 쏟아졌다.

"똑바로 해, 이 씹새끼야."

오광훈이 뒤에서 분노에 찬 목소리로 말했다.

"그날 네가 했던 짓거리 그대로 말이야."

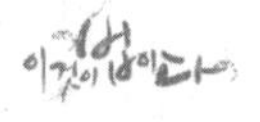

"으으으……."

그러나 멈춰 있는 한유소.

오광훈은 결국 참다못해서 뒤통수를 후려쳤다.

"똑바로 안 해? 왜, 지 딸 손가락은 잘라 놓고 인형 손가락은 못 자르겠냐?"

결국 울먹거리면서 펜치에 힘을 주는 한유소.

그러자 인형에게서 새빨간 피가 뿜어져 나왔다.

그 순간을 그대로 재현하기 위해 노형진이 준비한 것이었다.

그 광경을 본 기자들은 도무지 견딜 수 없어져서 욕지거리를 내뱉었다.

"씨발, 못 해 먹겠네!"

"좀 더 패라고!"

"네가 그러고도 인간이야, 이 개새끼야!"

카메라 셔터 소리보다 더 높아지는 사람들의 욕설.

그 욕설 속에서 한유소는 비명을 질렀다.

영원히 머릿속에서 지워지지 않을 딸의 마지막 얼굴을 지워 내고 싶은 것처럼 말이다.

"으아아아아!"

왕의 자리

유민택은 완전히 유리로 된 창 앞에 서서 아래를 내려다보고 있었다.

수많은 사람들이 움직이고 차들이 움직이는 거대한 도시가 그곳에서는 한눈에 보였다.

"이 모든 게 내가 이룩한 거지."

가난한 시대에 태어나 지금의 대룡을 만들었다.

그 과정에서 피도 흘렸고 싸우기도 했으며 또 고통도 많았다.

"하지만 나도 늙었고."

유민택은 차분하게 말했다.

"역사는 흐르고, 뒤 강물은 앞 강물을 밀어내는 법이지."

강렬한 그의 눈은 뜨겁기 그지없었다.

"은퇴할 생각이네."

그 말을 조용히 듣고 있던 노형진은 고개를 끄덕거렸다.

알고는 있었다.

언젠가는 닥쳐올 일이라는 것을.

그랬기에 놀랍지는 않았다.

사실 일반적인 경우라면 그는 이미 은퇴를 했어야 하는 나이였다.

그와 함께 활동하던 재계의 대표들은 이미 은퇴해서, 그다음 세대로 실권이 넘어간 상황.

특수한 경우가 아니라면 대부분은 그랬다.

"그런데 내가 고민이 있어."

"강소영 씨와 영민이 이야기군요."

"영민이가 자네처럼 천재라면 좋겠지만……."

"제가 규격 외인 거구요."

"그건 아나 보군."

밖을 보던 유민택은 몸을 돌려서 자신의 자리로 돌아왔다.

"영민이는 아직 어려. 자네도 알다시피 이제 얼마 후면 대학에 들어가네. 거대한 그룹은커녕 작은 동아리 하나 운영해 보지 않았어."

"그래도 교육은 충분히 받지 않았습니까?"

"교육이야 충분히 받았지. 하지만 그런다고 해서 없는 경험이 생기지는 않아."

힘겨운 듯 소파에 기대서 말하는 유민택.

"이 자리는 피를 볼 줄 알아야 하는 자리야. 하지만 영민이는 아직 그런 경험이 없네."

선택의 가혹함. 그런 걸 겪어 본 적이 없기에 똑똑한 것과 별개로 이 자리에는 아직 어울리지 않는다.

"그 아이에게는 따로 자리를 마련해 줄 거야. 군에 갔다 온 다음에 말이지."

많은 재벌가에서 후계자를 만들기 전 외부에서 업체를 창업하여 운영해 보게 한다.

드라마에서처럼 입사하고 3개월 만에 과장, 6개월 만에 부장, 1년 만에 본부장 같은 식으로 승진하는 기업은 이제 별로 없다.

"누군가는 죽여야 하는 자리가 이 자리일세."

유민택은 담담하게 말했다.

그리고 노형진은 그걸 알고 있다는 듯 고개를 끄덕거렸다.

"그럴 수밖에 없는 자리이기는 하지요."

단순히 좋은 일만 하는 게 아니다.

회사에서의 월급은 단순한 수입이 아니라 생존의 문제이니까.

대룡 내부를 정리하면서 수많은 사람들이 갑질이나 성추행 등 자리를 이용한 범죄로 추방되고 감옥에 갔다.

그 당시에 그들은 살려 달라며 빌었고, 딸린 가족들을 봐서라도 용서해 달라고 했다.

가족들을 생각하면 그게 맞는 말이기는 하다.

사실 그들이 쫓겨나면 가족들까지 고통받으니까.

그러나 유민택은 모두를 쳐 냈다.

그렇다고 해서 더러운 놈들만 잘라 내야 하는 것도 아니다.

유민택은 지금까지 자신을 밀어준 수많은 개국공신들을 쳐 내고 있는 상황이다.

이유는 간단하다.

후계자가 들어오면 개국공신은 짐이 된다.

전대 왕과 같이 일했다는 이유로, 지금의 대룡을 만들었다는 이유로 그들은 새로운 왕에게 특혜를 요구하고 그 위에 서고 싶어 한다.

그걸 알기에 지금도 개국공신들에 대한 숙청이 이루어지고 있다는 것을 노형진도 알고 있다.

"하지만 그래도 시간이 부족해."

유민택은 늙었고, 유영민은 자기 자리를 잡기에는 너무 어리다.

"소영이 누님에게 넘겨준다고 하지 않았습니까?"

"그럴까 했지. 소영이는 지혜로운 여자니까."

"무슨 문제가 있군요."

강소영은 무능력하고 예쁘기만 한 여자가 아니다.

암살의 위험에서 아들을 지키면서 끝까지 버텼던 여자다.

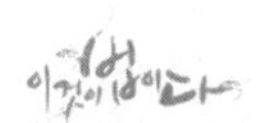

그리고 그가 알기로는 영민이에게 중계해 주기 위해 죽은 남편을 대신해서 계속 교육을 받아 왔다.

그런데 왜 갑자기 안 좋은 소리가 나온 걸까?

"소영이만 본다면 괜찮아. 하지만 집안을 본다면 이야기가 달라지지."

"집안이라니요? 무슨 말씀이십니까?"

"그쪽 집안에서 무리한 욕심을 부리더군."

노형진은 눈을 찌푸렸다. 대충 상황이 이해가 갔다.

"외가가 문제라는 말씀이시군요. 하지만 외가라고 해도……."

강소영은 사실 친정에서도 내쳐진 상태였다.

노형진이 강소영을 처음 만났을 때 그녀는 혼자서 영민이를 키우느라고 아등바등하고 있었다.

"하지만 내 핏줄인 게 알려지고는 상황이 달라졌지."

"설마?"

"뻔뻔하게 들어오더군."

자기들의 외손주라며, 만나게 해 달라고 요구했다.

아무리 내쳐졌다고 해도 강소영에게는 부모님이었고, 막고 싶다고 해도 법률적으로는 그러면 안 되는 것이기 때문에 유민택은 그들이 만나는 걸 방치했다.

"하지만 요즘 선을 넘는 경우가 많더군."

"선을 넘는다라……."

"자기 일가 사람들 일자리를 알아봐 달라고 소영이한테 부탁하는 모양이야.”

“흠…… 일자리라……. 이런 말씀 드리면 죄송합니다만 일자리 정도야 줄 수 있지 않습니까? 어찌 되었건 소영이 누님도 가족인데.”

“그 정도면 자네를 안 불렀지. 선을 넘는다는 건 그만한 이유가 있어서야.”

“설마? 무리한 요구를 합니까?”

“부장급 이상의 자리를 달라고 하더군.”

“미친 거 아닙니까?”

부장급 이상의 자리는 그냥 생기는 게 아니다.

작은 회사에서는 죄다 과장, 부장이라 불러 주기도 하지만 최소한 대룡이라면 그럴 수는 없다.

성장에 성장을 거듭해서 명실상부한 대한민국 재계 2위다.

그런 곳의 부장이라면 회사를 위해 헌신하고 그만한 실적을 보여 준 사람들에게 부여되는 자리다.

하물며 한두 해도 아니고 수십 년을 충성을 바친 충성파에게 제공되는 것이 바로 부장이라는 직급이다.

그런데 단순히 강소영의 가족이라는 이유로 부장급 자리를 요구한다?

“자네는 어떻게 생각하나?”

“외척 세력이 되겠군요.”

“내가 봐도 그러네. 외척 세력이 될 거야. 내가 살아생전

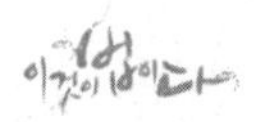

에는 문제가 없겠지만.”

외척. 어머니 쪽의 친척을 뜻한다.

하지만 정치적으로 등장하는 외척이라는 말은, 보통 왕의 외가가 왕을 등에 업고 권력을 행사하는 나쁜 의미로 많이 사용된다.

실제로 그러한 외척 세력이 나라를 좀먹는 경우는 엄청나게 많았다.

대표적인 예가 바로 세도정치다.

그 세도정치로 조선 시대에 얼마나 살기 힘들었는지는 조금만 역사를 배워 본 사람이라면 누구나 안다.

그건 한국만의 문제가 아니라 전 세계적인 문제다.

“내가 죽으면 소영이와 영민이만 남네. 그러면 어떻게 될 것 같나?”

노형진은 눈을 찡그렸다.

그때 벌어질 일을 예상하는 것은 어렵지 않은 일이었다.

“아마도 누군가가 그 자리를 차지하고 싶어 하겠지요.”

정상적이라면 누군가가 그 자리를 받아서 승계해야 한다.

그런데 그 중간이 없기에 문제가 된다.

“나는 친가의 돈을 투자받아서 지금의 대룡을 이끌었네. 하지만 그렇다고 해서 내가 친가를 모두 받아 준 것은 아니야.”

돈은 돈이고 능력은 능력이다.

아무리 친가 사람이라고 해도 능력이 없다면 당연히 퇴출

수순을 밟았다.

"그런데 내가 죽고 나면? 이런 말 하긴 그렇지만 친가에서도 욕심을 부리는 놈이 나오겠지."

다른 곳도 아닌 대한민국 재계 2위 대룡이니까.

"그리고 소영이와 영민이가 남았다지만, 문제가 생길 걸세."

아버지가 없이 어머니와 아들만 남은 상황.

친가 쪽에서는 분명 이대로 놔두면 재산을 모조리 강소영의 집안에 빼앗길 거라고 선동하는 놈이 나올 것이다.

그래야 자신이 권력을 잡을 테니까.

유영민은 유민택의 핏줄이지만 그 아이를 컨트롤하는 것은 강소영이니까.

"내가 피바람을 일으켜서 내부를 정리했다고 하지만 핏줄은 어쩔 수가 없네."

친가에서는 강소영에 대해 불만이 나올 테고, 유영민은 자기 엄마를 지키려고 할 것이다.

그리고 그 방법은 자신과 자신의 엄마 편, 즉 외가를 내부에 들이는 것일 테고.

"외척 세력이 들어오면 내부에서 싸움이 벌어지겠지."

이 모든 게 유영민이 아직 어리기 때문에 벌어지는 일이다.

양쪽 다 유영민이 어리다는 것을 이용해서 자리를 탐할 것이 뻔하니까.

"회장님은 어쩌실 생각입니까?"

엄밀하게 말하면 유민택은 유씨 일가의 편이다.

하지만 또 한편으로는, 영민이는 그의 유일하게 남은 혈육이다.

그러니 마냥 가문 편만 들어 줄 수는 없다.

"애매하군요."

가문의 편을 들어 주자니 유영민의 정당한 권리를 차지하려고 하는 놈이 나오리라는 걸 예상하는 게 어렵지 않고, 반대로 유영민만 키워 주자니 외척 세력의 전횡이 심해질 건 뻔한 일이다.

"대룡이라는 거대한 먹잇감을 주변에서 그냥 두고 싶겠나?"

"아…… 그렇군요."

노형진에게 유씨 가문과 강소영의 집안을 중심으로 설명하기는 했지만 사실 가장 큰 문제는 그들이 아니다.

진짜 문제는 바로 외부에 있다.

"내가 죽고 나면 분명 다른 기업들이 후계 가능성이 있는 놈들에게 달라붙겠지."

그리고 서로 싸움을 붙이고 내부를 분열시키면서 대룡을 갈가리 찢어 먹을 것이다.

사실 집안 문제는 거의 핑계에 가깝다.

"문제는 그걸 막을 수 있는 사람이 없다 이거군요."

"우리 집안에 그런 신의와 능력이 있는 사람이 있었다면 내 기꺼이 썼을 게야."

하지만 그런 사람이 없다.

사람의 능력은 천차만별이다.

누군가는 거대한 제국을 이끌 수 있겠지만 누군가는 편의점 아르바이트도 해내지 못한다.

인간은 평등하지만, 그들이 낼 수 있는 능력의 한계는 천지 차이다.

"내부의 피는 충분히 흘렸지. 하지만 외부의 피는 내가 어쩔 수가 없으니까."

유민택과 지금의 대룡을 만든 개국공신들은 나이도 있고 또 유민택이 적당히 설득해서, 대부분 은퇴 라이프를 즐기고 있다.

"하지만 이제 그 자리에 올라간 누군가 또는 집안의 사람들은 그게 아니겠지."

하루하루 늙어 가는 유민택이다.

아무리 그가 노력한다고 해도 유영민이 완벽하게 성장해서 한 기업을 이끌 때까지 대룡을 유지하는 건 쉽지 않다.

"이미 체력적인 한계가 오고 있는 상황이고."

회장이라는 게 그냥 그만두고 그다음 날부터 큰아들이 맡을 수 있는 자리가 아니다.

조금씩 자신의 능력에 맞춰서 또는 체력에 맞춰서 일을 넘기며 가르쳐 줘야 한다.

하지만 유민택에게는 그럴 시간이 부족하다.

"결과적으로 회장님이 원하는 건 내부를 단속할 방법이군요."
"그래, 내가 원하는 건 그거지."
고개를 끄덕거리는 유민택.
외가와 친가의 싸움에서 강소영과 유영민을 보호하다가, 물러나야 하는 때가 왔을 때 욕심을 내지 않고 뒤로 물러날 만한 사람.
그리고 외가와 친가를 이용해서 대룡을 갈가리 찢어 먹으려고 하는 자들에게서 대룡을 보호할 수 있는 사람.
"딱 자네 같은 사람이면 좋겠지만……."
"저는 별로 관심이 없습니다."
유민택의 말에 노형진은 피식 웃으면서 말했다.
"그리고 제가 너무 바쁜 사람이라서요. 아시지 않습니까?"
"그러니까 문제인 거지, 허허허."
"그런데 외부에서 접근한다는 건 어떻게 아신 겁니까?"
"대기업을 운영하기 위해서는 10년 후를 내다봐야 하지. 최소한 말이야. 그러지 않으면 밀려오는 파도에 쓸려 버리니까."
농담이 아니다.
당장 스마트폰이 생겼을 때를 생각하면 어렵지 않다.
스마트폰이 생기고 망한 것은 핸드폰 회사만이 아니었다.
카메라 회사, 게임 회사, 심지어 컴퓨터 회사나 달력 회사에까지 영향을 미쳤다.
지금의 핸드폰에 달려 있는 카메라 렌즈는 어지간한 카메라 못지않고, 컴퓨터 게임보다 핸드폰 게임을 하는 시간이 더 길며, 핸드폰을 가지고 노는 시간이 길어지면서 컴퓨터의 판매량이 줄어서 일본 같은 경우는 신입 사원이 워드조차도 못 치는 판국이다.

달력이 무슨 상관이냐 싶겠지만 이제 사람들은 날짜를 알아보기 위해 벽에 걸린 달력을 보기보다는 핸드폰을 들고 확인한다.

하나의 상품이 수십 개의 회사들을 도산으로 몰고 간 것이다.

"이미 몇몇 기업들이 우리 집안사람들에게 접근하고 있다고 하더군. 특히 대학에 다니는 능력 있는 놈들에게 장학금을 핑계로 접근하는 모양이야."

사촌이 땅을 사면 배가 아프다는 말이 있다.

유민택이 그 고생을 하면서 세워 올린 대룡이다. 하지만 자신이 먹으면 아주 쉽게 운영할 수 있을 거라 생각하는 놈들이 많다.

"마치 콜럼버스의 달걀 같군요."

"콜럼버스의 달걀?"

"콜럼버스가 아메리카를 발견하고 나서 있었던 일화지요."

새로운 땅을 발견하고 난 그는 영웅이 되었다.

그리고 여러 파티장에 가면서 인기를 끌었다.

당연히 그걸 시기하는 놈들도 있었고, 그들은 한쪽으로 쭉 배만 몰고 가기만 하면 신대륙을 발견하는 게 어렵지 않다면

서 비웃음을 날렸다.

그때 콜럼버스는 그들에게 달걀을 세워 보라고 제안했다.

하지만 달걀은 그 자체가 세워질 수 있는 형태가 아니다 보니 당연히 죄다 실패했다.

그러자 사람들이 누가 달걀을 세울 수 있냐고 빈정거렸다.

그 말에 콜럼버스는 보란 듯이 달걀의 바닥을 깨서 달걀을 세워 보였다.

당연히 사람들은 그런 방법을 쓰면 누가 못 세우냐고 빈정거렸지만, 콜럼버스는 누군가 이룩한 걸 보고 쉽다고 생각할 수는 있으나 그 길이 없는 새로운 걸 만들어 내는 건 어렵다고 말했다.

"지금의 대룡이 딱 그런 거죠, 달걀."

재계 순위 2위. 그걸 먹으면 천하를 호령할 것 같지만, 수십 년 동안 후계 교육을 받은 자들도 기업을 유지하는 게 쉽지 않은데 과연 그렇게 쉽게 대룡을 지킬 수 있을까?

"이미 각 기업들은 내부의 주요 핵심 멤버가 될 만한 사람들을 포섭해 가면서 찢어 먹을 것부터 생각하는데, 턱도 없는 소리지."

그걸 아는 유민택은 혀를 끌끌 찼다.

"그래서 고민 중이네. 물론 필요하다면…… 친가 쪽 자산도 쳐 내야겠지만."

대룡이 급성장하면서 유민택이 가진 지분 역시 급성장했다.

하지만 그에 반해 친가의 지분은 성장하지 않았다.

극단적인 경우라면 친가를 쳐 내도 경영권을 지키는 것은 문제가 없는 상황.

"하지만 외가가 문제라는 거군요."

"그래."

그렇게 되면 또 외척 세력을 통제할 방법이 없어진다.

물론 유영민을 지금도 친가 쪽에 데리고 다니면서 잘 소개하고 있지만, 영향력이 강한 강소영이라는 존재는 분명 친가 쪽에는 엄청난 부담이 된다.

"흠."

노형진은 고민하다고 빙긋 웃었다.

해결책은 생각보다 가까이 있으니까.

"저희 새론이 있지 않습니까?"

"새론의 변호 실력이야 내가 익히 알고 있네만……."

"그게 아닙니다. 새론에서 하는 서비스를 말씀드리는 겁니다."

"새론에서 하는 서비스?"

"전문 경영인 파견 서비스 말입니다."

"그런 게 있었나?"

"아, 잘 모르시겠군요."

노형진이 만들어 낸 서비스다.

사실 대룡과 같은 문제에 빠지는 기업들은 생각보다 많다.

대표의 갑작스러운 사망으로 후계 준비가 안 되어 있거나 후계자의 실력이 부족한 경우 등등, 한 기업을 운영하는 입장에서는 생각할 게 엄청나게 많다.

그렇다고 다른 사람을 쓰자니, 평생을 이룩한 기업이 그들의 손아귀에 떨어질 가능성이 높다.

"그럴 때 새론에서는 계약에 따라 전문 경영인을 파견해 줍니다."

"파견? 파견이라고?"

"그렇습니다. 파견입니다. 비정규직이지요."

"기업의 사장을 말인가?"

"기업의 사장이 뭐 별다릅니까? 아래에서 청소하는 분도 노동자, 볼트와 너트를 조립하는 분도 노동자, 서류를 정리하는 분도 노동자입니다. 결국 월급을 받으면서 일하면 다 노동자인 겁니다. 다만 그 사람의 능력과 업무의 특성에 따라 대우가 다를 뿐이죠. 사실 전문 경영인이라는 게 결국 비정규직 아닙니까?"

이사회의 결정에 따라 파리 목숨이 되는 존재.

그게 바로 전문 경영인이다.

"미국 같은 경우는 이사회에서 창업주까지 자릅니다. 와이플사 이야기야 유명하지 않습니까?"

와이플의 창업주는 와이플의 이사회에 의해 해고되어 버렸다.

한국이라면 있을 수 없는 일이다.

그런데 또 와이플의 창업주는 그렇게 잘린 후에 다시 돈을 벌어서 와이플을 인수해 버렸다.

결국 창업주지만 비정규직이라는 소리다.

"미국에서도 그러는데 한국이라고 그러지 말라는 법 있습니까?"

"파견이라고 하지 않았나? 그러면 전문 경영인 고용이 아니지 않나?"

파견은 파견일 뿐이다.

소속은 다른 곳에 두고 특정 회사에 가서 일하는 것. 그게 파견이다.

"그래서 회장님에게 더 맞다고 생각합니다."

"어째서?"

"그들은 대룡의 사람이 아니니까요."

정확하게는 새론에서 보낸 파견직 공무원일 뿐, 대룡에 속한 사람이 아니다.

당연히 그런 사람이 나중에 그곳에 남고 싶어 한다고 해서 남을 수 있을까?

"그건 현실적으로 불가능하지요."

대룡에 남고자 하면 새론에 사표를 내야 한다.

그런데 사표를 내면 파견 업무가 종료되며, 공식적으로 대룡과 아무런 관련이 없는 사람이 된다.

"그런 경우 그가 회사 내부에 만들어 둔 모든 시스템이나 인맥도 의미가 없어지지요."

그가 새론을 그만둔 후에 다시 대룡에 취업하려 한다면, 그 아래에서 일하던 사람들이 과연 다시 그를 받아들일까?

물론 그가 아주 성군이고 완벽하게 회사를 운영했다면 그게 가능할지도 모른다.

하지만 인간의 특성상 그런 사람이 나타나도 그를 몰아내고 권력을 차지하려고 하는 게 보통이다.

"그리고 아까 회장님이 그러셨지요? 나중에 깔끔하게 영민이한테 권력을 이양해 줄 사람이 필요하다고."

"그래, 그러네."

"딱 맞지 않습니까?"

파견이라는 것은 결국 권력을 가지는 데 한계가 있다.

만일 거부한다 해도 새론 측에서 복귀 명령을 내리면 그만.

그리고 그 자리에 영민이가 들어가면 된다.

"그리고 다른 이득도 있지요."

"다른 이득?"

"내부 사람이 아니니까 칼질에 서슴없지요."

"아! 그렇겠군."

영민이가 권력을 이어받을 때까지 얼마나 걸릴지 모른다.

그리고 그 기간 동안 권력을 탐하는 놈들이 얼마나 생길지 모른다.

생기지 않는다면 그게 이상한 거다.

당연히 그들을 쳐 내지 못하면 유영민은 버티지 못한다.

"제가 단순히 일정 기간 대신 운영해 줄 사람이 필요하다고 생각해서 경영인 파견 제도를 만든 건 아닙니다."

후계 구도 설정이나 기업의 정상화 등 그들이 해 줘야 하는 일은 많다.

뒤가 길어질수록 결국 사람들은 미련이 남기 때문에, 차라리 이렇게 뒤를 남기지 않는다면 도리어 더 확실하게 일을 처리할 수도 있는 법이다.

"뒤처리 전문가들 말이군."

"뒤처리 전문가들요?"

노형진은 유민택의 말에 고개를 갸웃했다.

보통 뒤처리 전문가라고 하면 이미지가 좋지 않으니까.

대부분은 범죄를 저지른 후에 그걸 감출 때 언급되는 인간들이다.

"누군가를 죽이거나 하자는 건 아닐세. 하지만 전문 경영인 중에 그런 자들이 있지. 피를 봐야 할 때 부르는 자들."

"아…… 이해했습니다."

기업을 하다 보면 마냥 좋을 때만 있는 게 아니다.

때로는 피를 봐야 한다.

직원들을 정리하고, 버티기 위해 몸집을 줄여야 하는 시기가 오기도 한다.

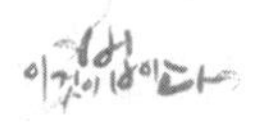

그래서 사회에는 그런 일을 전문적으로 하는 자들이 있다.

"하지만 그런 놈들의 문제는 그 대가가 혹독하다는 거지."

피를 보기 위해 부르기는 하지만 한편으로는 브레이크를 걸 수 있는 사람도 없기에 과도하게 선을 넘는 경우도 있다.

그 결과, 살아남기 위해 그를 불렀는데 그가 결국 모든 걸 날려 버리는 경우도 종종 있다.

실제로 모 게임 기업에서 살아남기 위해 그런 경영인을 불렀다. 그런데 그는 게임에 대해서는 아는 바가 전혀 없었고, 당연히 다른 기업과 마찬가지로 무자비한 해고를 통해 수익을 창출하려고 했다.

하지만 게임이라는 것은 결국 사람이 만들어 내는 것. 공산품과 다르게 인력의 비중이 압도적으로 높다.

프로그래머, 시나리오 작가, 원화가, 디자이너 등등 비싸지만 전문적인 인력을 모조리 잘라 버리고 나자 수익은 났지만 성장 동력을 잃어버렸고, 그렇게 나간 사람들은 경쟁사로 넘어가 버리는 바람에 결국 회사가 끝장나 버렸다.

"저희 쪽에서 파견하는 경우에는 그런 문제는 없지요."

왜냐하면 이쪽은 회사에서 직접 고용하는 것과 다르게 고삐를 쥔 채 파견하는 거니까.

최종적으로 결정하기 전 새론에서 한번 검토하고 전문가들의 의견을 들어야 한다.

"좋은 생각이군."

유민택은 고개를 끄덕거렸다.

"그렇게 한다면 영민이한테 안정적으로 넘길 수 있을 게야."

"하지만 그 전에 준비는 해 놔야겠지요."

"준비?"

"아까도 말씀드렸다시피 업계에 대해 모르고 들어가면 엉뚱한 피바람을 불러일으킬 가능성이 높습니다."

하물며 다른 곳도 아닌 대룡이다.

한두 개의 계열사가 있는 게 아니니 대룡에 맞는 시스템을 구축하고 정리해야 한다.

"물론 이번 경우는 일반적인 정리 해고와는 좀 다르겠지만요."

최소한 나중에 대룡의 사람들이 대룡을 이끌게 하기 위해서는 새론에서 파견한 전문 경영인이 대룡의 사업에 대해서도 잘 알아야 한다.

"무슨 말을 하고 싶은 겐가?"

"공모전을 하는 게 어떨까 싶습니다만."

"공모전?"

그건 생각지도 못한 말이었기에 유민택은 고개를 갸웃했다.

"장기적으로 보면 이사들을 모집하는 게 좋다고 생각합니다."

이사로서 공부하고 추후 사장으로서 대룡의 계열사를 이끄는 것이다.

"공모전이라……."

"이곳은 대룡입니다. 다른 곳과 다르지요."

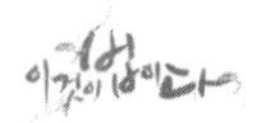

누구나 오고 싶어 하는 곳이다.

용의 꼬리보다는 뱀의 머리가 낫다고들 하지만 그건 어디까지나 과거의 일.

"하청 회사의 사장보다는 원청회사의 이사가 갑입니다. 그리고 외부의 전문가들이 들어오기 시작하면 기존 내부에 있던 자칭 권력자들을 견제하기는 쉽지요."

아무리 유민택이라고 해도 그룹 전체를 다 살필 수는 없다.

당연히 능력이 아니라 소위 딸랑딸랑하며 아부와 뇌물로 승진한 놈들이 분명 존재할 것이다.

"내부에서 승진하면 당연히 파벌이 생깁니다. 이미 대부분의 사람들은 파벌을 가지고 있을 겁니다."

이사들은 사장이 되기 위해, 부장들은 이사가 되기 위해 파벌을 만들고 싸움을 할 것이다.

"그러니 그들에게 핵폭탄을 던져 주는 겁니다."

노형진은 씩 하고 웃었다.

"그들이 정신 못 차리게 말입니다."

누가 회사의 주인인지 확실하게 그들의 머릿속에 각인시키는 게 노형진의 계획이었다.

"아주 마음에 드는군."

유민택 역시 미소를 지었다.

얼마 후 대룡은 대한민국이 발칵 뒤집어지는 발표를 했다.

―대룡에서는 회사의 경쟁력 증강 차원으로 외부 이사를 모십니다. 대한민국의 남녀라면 누구나 상관없이 지원할 수 있으며, 공식적으로 새론에 소속되어 파견 형태로 대룡에서 근무하게 됩니다. 외부 이사는 각 계열사별로 조건이 상이한 만큼 각 계열사별로 따로 지원을 받습니다. 외부 이사는…….

"대한민국이 발칵 뒤집어졌군요."

각 계열사별로 따로 사외 이사를 모은다는 말에 전문가들이 모여들기 시작하자, 기존의 이사들은 그런 모습에 기겁하면서 계속해서 유민택을 찾아왔다.

"뻔하지 않나? 자네 말마따나 사외 이사가 등장하면 제대로 감사가 들어갈 게 뻔한데."

그런 말을 하면서도 유민택은 그다지 즐거운 표정은 아니었다.

"기분이 별로 안 좋으신가 보군요."

"좋을 수는 없지. 도대체 해 처먹은 게 얼마나 많기에 이 정도로 난리가 나는 건지, 원."

사외 이사가 가진 권한은 감사권뿐이다.

애초에 목적이 그것이니까.

즉, 사내에 권한을 가진 사내 이사보다는 힘이 약하다는 소리다.

사실 사외 이사는 사내 이사에게 저항도 못할 만큼 힘이 약하다.

"그런데도 이 지경이야. 정리한다고 했는데."

"대룡의 덩치가 있으니까요. 조금 큰 대형 마트도 부패를 못 막는데 대룡이라고 되겠습니까?"

노형진은 느긋하게 말했다.

미국 기업, 유럽 기업도 내부에서 벌어지는 파벌 싸움과 부정부패를 다 막지는 못한다.

"그리고 그런 건 우리한테 중요한 게 아니지 않습니까? 중요한 건 유씨 가문과 강씨 가문이지요. 뭐, 강씨 가문은…… 그다지 문제가 될 건 없습니다만. 애초에 견제하기도 애매하니까요."

강소영을 통해 어떻게 한자리라도 잡아 보겠다고 설레발을 떨던 그녀의 집안은 발표 이후 모조리 새론으로 몰려들었다.

"허허허, 자네가 그렇게 말하면 그런 거겠지. 이렇게 상상도 못 한 방법을 쓸 줄은 몰랐으니까."

"결국 누님을 귀찮게 할 사람들 아닙니까?"

노형진은 강소영에게 말했다, 자신이 이야기해 둘 테니 새론 쪽으로 지원하라고 말하라고.

처음에는 강소영은 무슨 말도 안 되는 소리냐고, 절대 그럴 수 없다고 했다.

하지만 노형진의 설득에 결국 이해하고 그대로 가족들에게 말했다.

"어차피 누님이 하지 말라고 말해도 포기할 인간들이 아니거든요."

누님이 안 된다고 해 봐야 가문을 생각하라거나 가족들이 불쌍하지 않느냐는 식으로 계속 매달릴 게 당연한 일.

"그럴 때는 책임을 넘겨 버리면 그만입니다."

내가 이야기해 놨으니 새론으로 가라, 그 말이면 시시덕거리면서 새론에 지원할 것이다.

"물론 왕창 떨어지겠지요."

강소영의 집안사람이라고 해서 그들을 합격시킬 생각은 전혀 없다.

도리어 더 깐깐하게 조사할 것이다.

"조사하다 보면 분명 뭐든 나오겠지요."

그걸로 역으로 그들을 압박하는 것이 노형진의 계획이었다.

이후에는 도대체 얼마나 무능력하면 내가 미리 이야기까지 해 놨는데도 제대로 합격도 못하냐고 몰아붙이면, 그쪽에서는 뭐라고 말도 못 한다.

실제로 결과지에 무능력으로 인해 떨어졌음이 증명되어 있으니까.

“그리고 조사해 보니 유씨 가문과 나란히 두기도 애매하더군요.”

유민택의 유씨 가문은 그래도 각자 자리를 잡은 사람들이 제법 있고 그 재산도 제법 많다.

즉, 성공한 가문이라는 거다.

그에 반해 강씨 가문, 아니 강씨 집안은 그냥 평범한 사람들이었다.

나중에 가서 불만을 가진다고 한들 이쪽에 뭐라고 할 수는 없다.

공식적으로는 기회를 줬으니까.

“하긴, 자네 말대로 기회를 주는 척은 한번 해 봐야 포기하겠지.”

이해가 간다는 듯 유민택은 고개를 끄덕였다.

“문제는 유씨 가문입니다만……. 뭐 좀 알아내셨습니까?”

“뭐, 그쪽이야 내가 잘 알고 있지. 호시탐탐 나를 몰아내고 싶어 하는 자들로 넘쳐 나니까.”

쓰게 웃는 유민택.

같은 가문 사람이라지만 그렇다고 해서 같은 편은 아니다.

정확하게는 외부의 적이 있을 때는 같은 편이지만 그렇지 않을 때는 적이나 마찬가지.

“가문 회의가 소집되었네. 나도 가야 하고.”

“가서 한 소리 들으시겠군요.”

"그러겠지."

유민택은 당연하다는 듯 말했다.

"그렇잖아도 그 문제 때문에 자네를 부른 거야. 그들이 나를 압박할 것은 뻔하니까."

노형진은 미소를 지었다.

"다 예상하고 있었습니다."

"그러면 해결책도 있겠구먼."

"당연하지요. 그날 그곳에 가면 보여 드리지요."

⚖

유씨 가문의 종친회.

보통은 집안의 제사나 기타 재산을 처분할 때 한다.

그런데 이번에는 그 종친회가 유민택 때문에 열렸다.

"도대체 무슨 생각이오, 유 회장!"

"정신이 있는 거요, 없는 거요!"

"우리 가문을 무시하는 거요!"

어마어마한 성토가 벌어지는 현장.

그곳에서 유민택은 평소와는 달리 찍소리도 못 하고 있었다.

물론 싸우려고 하면 얼마든지 할 수 있다.

기업의 운영은 그의 소관이니까.

'하지만 나한테 참으라고 했단 말이지.'

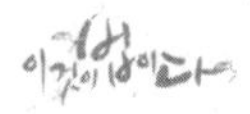

무슨 행동을 할지는 모르겠지만 참으라고 한 노형진 때문에 유민택은 그 모든 모욕을 꾹 참고 넘겼다.

그저 원론적인 수준에서 자신을 방어할 뿐이었다.

"내부의 부패가 심하다는 제보가 있었습니다. 그에 따라 내부 환기 차원에서……."

"내부 부패? 지금 우리 유씨 가문 사람들이 썩었다는 건가!"

"아닙니다. 그게 아니라 내부에서 일부 부당한……."

"그걸 우리가 검사해서 잡아야지! 왜 엉뚱한 놈들의 손에 맡기나!"

아무리 논리적으로 설명해 봐야 어차피 먹혀들지도 않을 테니까.

"흠……."

노형진은 조용히 두고 보고만 있었다.

'유민택 회장님은 외국의 재벌 가문을 꿈꾸신 것 같은데 아무래도 힘들겠네. 하긴, 그게 쉬운 건 아니지.'

로스차일드 가문, 카네기 가문 등 외국에는 금전적 능력을 가진 가문들이 존재한다.

그들의 힘은 일국을 뒤흔들 정도다.

그런 걸 꿈꾸고 유씨 가문을 밀었던 유민택이지만 딱 봐도 불가능해 보였다.

'하긴 가문이라고 하지만 교육이 뒷받침되지 않는데 그게 가능하겠어?'

그런 해외의 유명 가문들이 받는 교육이란 국영수나 대학 수업을 의미하는 게 아니다.

한 가문을 이끌 사람으로서 평생에 걸쳐 경영만을 파고드는 것을 뜻한다.

그런데 지금의 유씨 가문은 그게 아니다.

대학까지는 적당히 나와서, 나중에 가서야 이쪽에 관심을 보인다.

도리어 대학을 적당히 나와도 나는 대룡에 갈 수 있다는 생각에 설렁설렁 공부하는 바람에 다른 사람들보다 실력이 떨어지는 경우도 있다.

'참 애매한 문제야.'

무한 경쟁은 사람을 지치고 쓰러지게 만든다.

하지만 경쟁이 없으면 발전도 없다.

공산주의와 자본주의 같달까?

"뭘 그리 생각하나?"

"아, 언제 내려오셨어요?"

"방금 내려왔지. 아주 죽겠구만."

땀을 뻘뻘 흘리는 유민택.

유씨 가문에서 이렇게 가루가 되도록 공격받은 것은 처음이었으니까.

지금까지는 철저한 아군이었는데 적이 되고 나니 죽을 맛이었다.

"그렇다고 그냥 막 들이받을 수도 없는 일이고."

차라리 적이라면 노형진과 함께 손잡고 밟아 버리면 그만인데 이번에는 그게 안 된다.

"그런데 저들을 어떻게 설득할 생각인가?"

"특혜를 줄 겁니다."

"특혜?"

고개를 갸웃하는 유민택이었다.

노형진은 누군가에 특혜를 줘서 문제를 해결하는 타입은 아니었기 때문이다.

"무슨 특혜 말인가? 줄 만한 특혜가 있나?"

"있지요. 지금 유씨 가문의 사람들이 얼마나 됩니까?"

"응? 그게 무슨 소리야?"

"말 그대로입니다. 유씨 가문의 사람이 얼마나 되는 거냐는 거죠. 정확하게는, 유씨 문중에 속한 사람들이라고 표현해야 하나요?"

연락을 주고받고 최소한 연락처라도 남겨진 사람들을 기준으로 속한 사람들의 숫자. 그게 중요했다.

"한 3만 명쯤 될 거네."

"생각보다 많네요?"

"뭐, 적극적으로 활동하는 사람들만이 아니라 자네 말마따나 연락처라도 있는 사람들 기준일세. 적극적으로 하는 사람들은 백 명도 안 되지."

“꼭 정치판 같네요.”

“정치판?”

“네, 한 줌도 안 되는 인간들이 뭔 일만 하면 국민들을 팔아먹지 않습니까?”

유민택은 자신도 모르게 피식 웃었다.

실제로 정치인들이 이권을 챙길 때 가장 많이 하는 말이 바로 국민을 위해서라는 말이다.

심지어 국민을 때려잡는 법을 만들 때도 그들은 국민을 위해서라는 말을 한다.

그 법으로 국민의 99%가 죽고 상위 1%만 살아남아도 무조건 국민을 위해 만드는 법이다.

“결국 그 백 명, 아니 백 개의 집안이라고 하는 게 맞겠네요. 그 사람들이 다 해 처먹는 거네요?”

“그렇지.”

“뭐, 예상대로군요.”

노형진은 고개를 끄덕거렸다.

“그러면 제가 문제를 해결하도록 하겠습니다.”

노형진은 자리에서 일어났다. 그리고 천천히 단상에 올라갔다.

“친애하는 유씨 문중의 여러분, 저는 유민택 대표님을 대리하는 변호사 노형진이라고 합니다.”

모두의 시선이 노형진에게 쏠렸다.

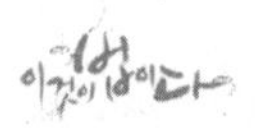

노형진은 그들에게 담담하게 자신의 계획을 알렸다.

"여러분들이 잘못 아시는 게 있어서 알려 드립니다."

"잘못 알다니!"

"뭘 잘못 알았단 말인가!"

"저희 새론은 유민택 회장님과 충분한 이야기를 했습니다. 여러분들을 위해 가능하면 기회를 만들어 드리자고 말입니다. 이에 저희 새론에서는 이번에 모집하는 분들을 기준으로 20%의 할당제를 시행할 예정입니다."

"할당제? 그게 무슨 소리야?"

"말 그대로 할당제입니다. 저희 새론에서는 이번에 새로 뽑는 인원 중에서 20%는 무조건 유씨 문중의 분들로 채울 예정입니다."

웅성거리기 시작하는 사람들.

이건 생각지도 못한 말이었으니까.

심지어 유민택이 이야기한 것도 아니었다.

"그걸 어떻게 믿어?"

"어차피 선발자 명단은 회사의 홈페이지에 공개될 것입니다. 저희가 그런 걸로 거짓말을 할 이유는 없지요."

"할당제라고?"

"그러면 최소한 20%는 우리가 먹는 거네?"

서로 눈치를 보면서 이야기를 시작하는 자들.

"그러면 많은 지원 바랍니다."

노형진은 짧은 발표를 마치고 자리에서 내려왔다.

유민택은 황당한 표정으로 노형진을 바라보고 있었다.

"자네 미쳤나?"

"뭐가 말입니까?"

"내가 왜 유씨 집안을 배제하려고 하는 건지 몰라서 그러는 건가?"

"일단 나가시죠."

노형진은 유민택을 데리고 그곳을 나갔다.

저들이 헛된 꿈에 빠져서 허우적거릴 때 일단 이곳을 벗어나는 게 안전하기 때문이다.

하지만 차에 타고 나서도 유민택은 당혹감을 감추지 못했다.

"자네가 뭔 생각을 하는지 모르겠지만 이건 아닐세. 20%라니! 그게 말이나 되나?"

움직이는 차 안에서 유민택은 불편한 기색으로 말했다.

이런 심각한 문제를 자신과 상의도 없이 결정하다니.

"도리어 유씨 집안의 파워가 더 강해질 거야. 나는 그걸 원하지 않네."

노형진은 그런 유민택에게 씨익 웃으며 말했다.

"회장님, 제가 왜 회장님과 상의하면서 그걸 결정해야 합니까?"

"뭐?"

노형진의 말에 유민택은 어이없는 표정을 지었다.

"당연한 거 아닌가? 우리가 뽑는 사람들인데."

"저는 대룡의 인재 선발에 관해 터치한 적이 없는데요."

"그게 무슨 소리인가?"

"저는 대룡에서 일할 사람을 유씨 문중에서 20% 뽑는다고는 하지 않았습니다."

"그게 무슨……?"

아까 전 이야기를 다시 곱씹어 보는 유민택. 그리고 눈을 크게 떴다.

노형진은 대룡에 대해서는 입도 뻥긋하지 않았다.

"제가 선발한다고 한 건 대룡이 아니라 새론입니다."

"아!"

"일종의 심리적 함정입니다."

새론의 전문 경영인 파견 서비스는 사람들에게 거의 알려져 있지 않은 서비스다.

일반 대중을 위한 것도 아니고 회사의 전문 경영인, 그것도 어쩔 수 없이 누군가를 써야 하는 사람들이나 관심을 보이는 만큼, 알려지지 않은 게 이상한 일은 아니다.

"아마 이번 일만 아니었다면 여전히 알려지지 않았겠지요."

다른 곳도 아닌 재계 서열 2위의 대룡.

그곳에서 일할 사외 이사를 뽑는다는 것.

그게 아니었다면 언론을 탈 일도 사람들이 관심을 가질 일도 없었을 것이다.

"그렇다 보니 빠지는 함정이지요."

새론에 뽑히면 대룡으로 간다.

이번에 홍보할 때 이용한 일종의 심리적 함정.

"하지만 엄밀하게 말하면 그건 아니거든요."

새론은 새론이고 대룡은 대룡이다.

별개의 기업이며, 새론에서 하는 경영인 파견 서비스는 당연히 그 이전부터 해 온 일반적인 업무다.

즉, 대룡에 종속된 게 아니다.

"새론에서 이번에 뽑을 사람이 얼마나 될 것 같습니까?"

"글쎄. 많지는 않겠군."

현실적으로 파견되는 전문 경영인은 많을 수가 없다. 경영인을 파견해 달라고 하는 사람들이 많은 것도 아니니까.

"올해 선발 예정은 대략 이백 명입니다. 대룡의 사외 이사를 포함해서요."

아무래도 대룡의 사외 이사 건 때문에 평소보다는 많이 뽑아야 한다. 그게 사실이다.

"그런데 거기서 20%는 너무 많은 거 아닌가?"

이백 명에서 20%면 대략 마흔 명. 절대 적은 수는 아니다.

"그게 함정입니다."

"그게 함정이라고?"

"그렇습니다. 파견직이라는 게 왜 불합리한지 잘 모르시네요."

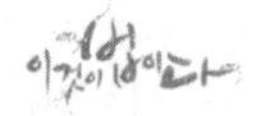

"이해가 안 가는데?"

"일단 20%라고 하면 마흔 명. 많아 보이지요? 하지만 그게 끝입니다."

"응?"

"회장님, 회장님도 기업을 하시지 않습니까? 그리고 장애인 의무 고용 비율 아시죠?"

"흠…… 알고 있지."

장애인 의무 고용이란 장애인들의 정상적인 삶을 위해 의무적으로 장애인들을 고용하게 하는 제도다.

지키지 않으면 그만큼의 벌금을 내야 한다.

법적으로 현재 한국에서는 민간 기업의 경우 2.9%의 고용률을 유지해야 한다.

"그러면 대룡은 어떻게 하십니까?"

"응?"

"사실 대룡도 대상 기업 아닙니까? 그러면 그 기준은 지키고 있으시지요?"

"당연히 지키지."

현실적으로 대룡은 지킬 수밖에 없다.

일단 대기업은 감시에서 벗어나는 게 쉽지 않은 데다가 과징금도 크게 때리는 편이고, 대룡 자체가 좋은 이미지로 포장되어 있는 기업이다 보니 만에 하나 지키지 않으면 집중 공격 대상이 될 가능성이 높기 때문이다.

“그러면 그 비율 이상은 뽑으십니까?”

“그건…… 아니군.”

2.9%, 딱 그 비율만큼만 뽑는다.

그리고 그렇게 뽑은 사람들은 모두 행정직이다.

어쩔 수가 없는 게 현장직, 즉 공장의 경우는 장애인이 할 수 있는 일이 없으니까.

안전 문제가 걸려 있다 보니 대부분의 직원들은 행정직으로 돌리게 된다.

당장 귀가 안 들리거나 하면 대피가 늦어질 수도 있고, 공장의 작업대 자체가 기본적으로 일반인을 기준으로 제작되니까.

“20%라고 약속했지만 20%만 뽑으면 되는 겁니다.”

보장이라는 것에는 이면성이 있다.

딱 거기까지만 뽑으면 된다는 거다.

“딱 마흔 명만 뽑으면 그때부터는 문제가 안 되는 거지요.”

“하지만 그래도 적지 않은 수인데…….”

떨떠름한 표정이 되는 유민택.

아무래도 그를 가장 크게 위협하는 게 바로 집안사람들이니까.

“흠, 제가 아까 말씀드리다 만 것 같은데, 대룡에서 뽑는 게 아닙니다. 새론에서 뽑는 거죠. 새론에서 어디로 보낼지는 저희 마음입니다.”

“음?”

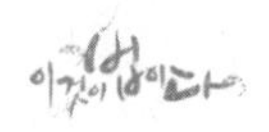

"제가 착각을 유도한 거라고 말씀드렸지요?"

"아, 그렇군. 나도 깜빡 속았어. 그 사람들은 대룡 소속이 아니니까……!"

대룡 소속인 것과 대룡에서 일하는 것은 전혀 다르다.

모 방송에서 우스갯소리로 한 말인, 와이키키 해변을 본 사람과 와이키키 해변을 밟아 본 사람은 다르다는 것처럼.

"새론에 속하게 되면 파견된 직장으로 가서 일해야 합니다."

그곳이 대룡이 될 수도 있고 전혀 다른 기업일 수도 있다.

설사 대룡이라고 해도 다 똑같은 건 아니다.

대룡도 대기업인 만큼 많은 계열사들이 있는데, 대룡전자나 대룡건설은 핵심 사업이고 대룡제과나 대룡유통은 떠오르는 사업이지만 대룡자원이나 대룡미래에너지 같은 건 사실상 성장 가능성이 없는, 계열사 중에서도 힘없는 곳이다.

대룡자원은 자원 재활용 사업을 하는 곳이라 수익을 내기는커녕 본전을 찾기도 힘들지만 사회 환원 차원에서 운영하는 거고, 대룡미래에너지는 애초에 연구만 하는 업체라서 사실상 연구소라고 표현하는 게 맞다.

당연하게도 거기에 가면 사실상 아무런 힘도 없다.

매년 돈을 까먹기만 하는 곳인데 그룹에서 무슨 힘이 있겠는가?

"지금 유씨 집안에서 일하는 사외 이사들, 다 핵심 계열사 소속이죠?"

"그렇지."
씁쓸하게 웃는 유민택.
"하지만 이제는 아니게 되는 거죠."
파견인 이상 새론에서 가라고 하는 곳에 가야 한다.
"확실히 우리 집안의 힘이 빠지기는 하겠군."
왠지 유민택은 떨떠름한 표정이었다.
기분이 미묘하기는 할 것이다.
이쪽도 저쪽도 가족이니까.
"그리고 기본적으로 파견 업무가 없으면 어떻게 될까요?"
"응? 그게 무슨 소리인가?"
"파견 회사 소속인데 파견 업무가 없다면 어떻게 되겠습니까?"
"그러니까……."
노형진의 말에 잠깐 고민하던 유민택은 소름이 돋는 걸 느꼈다.
20%의 약속. 그 약속이 지켜진 이후를 이야기하고 있으니까.
"파견되는 경우가 그렇게 많은 건 아니죠."
사외 이사는 그다지 일이 많지 않다.
하지만 이사다. 그렇다 보니 상당히 많은 월급을 받는다.
그런데 파견 업체 소속에, 그마저도 업무가 없다면?
"최저임금으로 떨어집니다."
대룡에서 사외 이사가 되면 매년 최소 1억 이상은 챙겨 간다. 그런데 파견이 종료되면?

새론에서 주는 최저임금으로 버텨야 하는 상황이 되어 버린다.

“저는 20%의 약속을 지켰지요.”

그런데 업무를 거부하거나 파견 직장으로의 출근을 거부하면?

새론에서는 자르면 그만이다.

“보내 달라고 버틸 수도 있습니다만…….”

노형진은 씩 웃었다.

“그게 쉽지는 않을 겁니다. 그리고 이참에 유씨 집안에서 그들의 힘도 좀 빼낼 생각입니다.”

“그들?”

“종친회에서 보니까 한 백 명쯤 되는 사람들이 가문을 이끌어 간다면서요?”

“그렇지.”

“회장님, 한 가지만 여쭙겠습니다. 그 사람들이 가문을 위해 목소리를 높이는 겁니까, 아니면 자기들을 위해 목소리를 높이는 겁니까?”

“백 명 중에서 한 열 명 정도는 확실히 가문을 위해 목소리를 높이고 있네. 하지만 나머지 아흔 명은 자기 욕심이 좀 강하지.”

“그리고 이번 사태를 일으키고 있는 건 그들이지요?”

“그렇지.”

유씨 가문에서 투자한 돈이지 개개인이 투자한 돈이 아니다. 당연히 그 지분에 대한 권리 행사는 가문의 표결에 따라 결정된다.

그런데 그런 표결을 할 때마다 출석할 수 있는 사람이 얼마나 되겠는가? 당연히 나오는 놈만 나온다.

현실적으로 현대사회에서 대부분의 사람은 노동을 통해 돈을 벌고 살아간다.

당연히 일반적인 사람들이라면 그러한 표결에 참석하지 못한다.

"아마도 새론에 지원하는 놈들은 생각보다 이기적인 타입이 많을 겁니다."

"어떻게 아나?"

"20~30대 사외 이사라는 건 이상하지 않습니까?"

나이의 제한이 있는 것은 아니나 감사라는 목적상 최소한 회계장부는 충분히 봐야 할 나이여야 한다.

20대는 잘 모를 테고, 30대는 한창 일을 배울 때다.

"결국 40대 이상일 테지요. 그리고 40대가 되면 대부분은 가정이 있는 사람들입니다. 애매한 거죠."

그만두고 여기에 몰빵하기에는 위험하다. 가족들이 있으니까.

결국 그래도 될 만한 사람들, 즉 집안이 여유가 있는 곳에서 나올 거다.

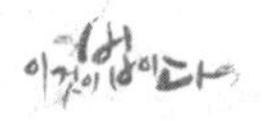

"그 백 명이군."

집안 행사마다 꼭 참가해서 목소리를 높인다는 것은 아무래도 그렇게 시간을 내도 회사에서 뭐라고 하지 않는다는 뜻이니, 자신이 회사를 가지고 있거나 돈이 있거나 둘 중 하나다.

실제로 사람이 돈을 벌면 가문에서 한자리씩 차지하려고 하는 성향이 있기는 하다.

물론 나이가 좀 있는 사람들을 기준으로 말이다.

"그러니까 그쪽에서 나올 겁니다."

"하지만 아까 자네가 최저임금으로 버티지 못할 거라고 하지 않았나? 그러면 의미가 없는데?"

"돈이 아니라 자존심이 문제죠."

대룡의 사외 이사라고 목에 잔뜩 힘줄 생각으로 왔는데 최저임금 받고 일해야 한다면 자존심이 상할 수밖에 없다.

"그리고 그들을 위해 제가 작은 선물을 하나 준비할 생각입니다."

"작은 선물?"

"혹시 유씨 집안에서 놀고 있는 40대 이상의 남자분을 구할 수 있습니까? 가능하면 상황이 좀 다급하신 분이면 좋은데."

유민택은 묘한 표정이 되었다.

저렇게 노형진이 비밀로 하면서 뭔가를 진행하는 경우 그 끝은 상대방에게 별로 좋지 않았으니까.

"찾아보면 있겠지."

다른 사람도 아닌 대룡의 회장인 그가 가문의 연락처를 열람하는 것은 어려운 일이 아닐 것이다.

"그런 분을 찾아 주시면 다음 계획이 진행될 겁니다, 후후후."

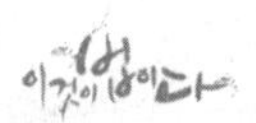

권력 앞에 핏줄은 없다

"역시나라고 해야 하나?"

노형진은 머리를 긁적거렸다.

유씨 가문 사람들의 지원은 어마어마했다.

무려 삼백여든 명.

그런데 특이한 점은 모두 다 친인척이라는 거다.

"결국 그 백 명 안의 사람들 기준으로 지원한 것 같군."

본인이나 자식 아니면 형제 등등, 쉽게 말해서 지원할 수 있는 자격이 되는 사람은 다 지원한 것이다.

대룡의 문제이다 보니 송정한은 같이 하겠다고 지원을 나왔다.

일단 새론의 메인 거래처가 바로 대룡이니까.

그런 그조차도 지원 서류를 보고 어이가 없다는 듯 말했다.

"그런 것 같네요."

하지만 노형진은 예상했기에 그다지 놀랍지도 않다는 표정이었다.

그 자리에 참석까지 했는데 예상을 못 하는 게 사실 더 어렵지 싶었다.

"끄응, 이런 식이면 이 안에서 합당한 능력을 가진 사람이 있을는지 모르겠군."

송정한은 떨떠름한 표정으로 말했다.

다른 곳도 아닌 대룡의 미래를 맡겨야 하는데 마치 부나방처럼 몰려든 사람들 중에 과연 합당한 사람이 있을지 의심스러웠다.

"노 변호사, 아무리 그래도 20%는 너무 많은 것 같은데."

노형진은 씩 웃었다.

"많지 않습니다. 사실 100%라고 해도 달라질 건 없거든요."

"뭐? 그게 무슨 소리인가?"

"일단은 분류부터 하지요."

"분류?"

"네, 같은 가족끼리 말입니다."

"가족? 능력이나 지원 순서도 아니고 가족?"

"네, 분류 기준은 가족입니다."

노형진은 주소지와 등기부 등본 등 그리고 가족 관계 증명서를 기준으로 차분하게 분류를 했다.

물론 기업에서 등기부 등본이나 가족 관계 증명서를 요구할 이유는 없다.

그럼에도 불구하고 요구한 것은, 유씨 가문이라는 것을 증명할 수 있는 수단이 있어야 하기 때문이다.

유씨 가문이라고 해도 다른 계파도 있는 법이니까.

20%를 약속한 상황이기에 그걸 이상하게 받아들이는 사람들은 없었고, 노형진은 그걸로 가족별 분류를 진행했다.

그렇게 분류하고 나니 딱 아흔세 개의 가족들이 나왔다.

"아무래도 유 회장님이 말씀하신 사람들 중에서는 좀 빠진 모양이군요."

진심으로 가문을 위해 일한다는 열 명. 그들은 욕심을 부리지 않은 모양이다.

물론 한두 장 정도는 낸 곳도 있기는 하다.

그건 나쁜 일이 아니다. 정당한 권리다.

"하지만 이건 너무하잖아?"

심한 곳은 무려 열세 명이나 서류를 냈다.

자기 자신뿐만 아니라 자식에서부터 현장에 없던 형제와 조카까지. 뽑히면 좋고 아니면 말고 하는 식으로 말이다.

"음…… 일단 이것부터."

스윽, 열세 명이 모여 있는 서류를 뽑아내는 노형진.

"이것부터 검토하자고?"

"아니요. 합격자입니다."

"자네 미쳤나?"

하지만 노형진은 멈추지 않았다.

가장 많은 지원을 한 곳부터 뽑아서 그들을 합격자 서류철로 넣었다.

그 결과 뽑은 사람은 마흔 명인데 그중에서 사실상 뽑힌 집안은 고작 열한 개였다.

"오케이, 마흔 명 다 뽑았습니다."

"이 사람들을 뽑겠다고?"

뒤적거리면서 말하는 송정한.

그는 서류철을 하나 랜덤하게 뽑아서 읽다가 어이가 없다는 듯 말했다.

"이 사람은 중졸이야. 지금 일하는 곳도 공장이고."

"그게 중요한가요?"

"이 사람은 범죄 전과도 있네. 심지어 사기야."

"아, 그래요? 뭐, 어쩔 수 없지요."

"이런 사람들이 사외 이사가 될 수 있다고 생각하는 건가?"

상식적으로 말이 안 되는 소리다.

범죄자 출신의 사외 이사라니.

"어차피 잘릴 건데요, 뭘."

"무슨 소리인가?"

"이건 유씨 집안의 행사입니다. 당연히 개별 공지할 뿐만 아니라, 유씨 집안에도 공지하지요."
"그런데?"
"일이 이딴 식으로 이루어지면, 송 의원님은 그냥 넘어가시겠습니까?"
"당연히 아니지. 당장 가서 뒤집어 버리지."
"그게 목적입니다."
"뒤집는 게?"
"지금은 유씨 집안이 모두 유 회장님을 공격하고 있습니다. 그러면 그걸 막기 위해서는 어떻게 해야 할까요?"
"그거야……. 분란을 일으키는 거군."
전쟁을 할 때는 상대방에게 분란을 일으키는 것이 최고의 수법 중 하나다.
그런데 가서 돈을 주며 분란을 사주하거나 누군가를 설득하는 것은 상당히 힘든 일이다. 도리어 그쪽에서 역으로 이쪽에서 분란을 사주한다고 이야기해 버리면 곤란해지기만 한다.
"하지만 이렇게 특정 집안으로 특혜가 몰리면 어떨까요?"
"가만히 있지 않겠지."
공지가 올라가면 유씨 문중의 사람들은 그걸 보게 된다.
그리고 같은 가문 사람들이기에 그 공통점이 뭔지 금방 알아차릴 것이다.
"백 개의 집안. 그중에서 단 열한 개의 집안사람들만 뽑혔지요."

확률적으로 말이 안 된다.

심지어 저 집은 범죄자까지 뽑혔는데 우리 집은 경제학 박사가 떨어졌다?

“떨어진 쪽에서 유민택 회장을 공격하려고 하겠군.”

“그러면 합격한 쪽에서는요?”

“당연히 지금 상황을 지키려고 할 테고. 결국 두 집단이 치고받고 싸울 게 뻔하군.”

유민택 회장은 그냥 슬쩍 빠지면 된다.

왜냐, 이걸 뽑은 건 대룡이 아니라 새론이니까.

모든 것은 새론에 위임했다는 말 한마디만 하면 된다.

“먼 친척보다 가까운 이웃이 낫다, 그런 말이 있지요.”

가문이라는 이름으로 결속되어 있지만 현실적으로 그들이 가진 힘은 그다지 결속력이 강하지 않다.

그것만 쪼개 버리면 그다음은 편하다.

“그리고 그다음에는 다른 방법을 쓸 겁니다.”

“다른 방법이라는 게 뭔가?”

“유 회장님이 자료를 주시면 바로 진행해야지요. 기대하셔도 좋습니다, 후후후.”

“너희들 무슨 짓을 한 거야!”

"지금 뭐 하자는 짓거리야? 뇌물이라도 뿌린 거야?"
"협박한 거 아냐? 이 새끼들!"
고래고래 소리를 지르는 사람들.
그들은 눈이 돌아가 있었다.
공지된 내용을 보고는 어이가 없었기 때문이다.
"왜 내가 떨어진 건데?"
"내 아들이 왜 떨어져! 내 아들 박사인 거 몰라?"
"얼씨구, 조경으로 박사 받은 게 회사랑 무슨 상관?"
"이 새끼야! 너희 아들은 사기로 감방까지 갔다 왔잖아!"
"그 이야기가 왜 나와! 이제 맘잡고 잘 살고 있는데!"
"지랄하네! 맘을 잡기는 뭘 잡아! 얼마 전에도 취업할 생각은 안 하고 집에서 퍼질러 잠만 잔다고 고민하던 거 기억 안 나!"
고래고래 소리를 지르는 사람들.
갑작스럽게 결정된 종친회였다.
하지만 그 종친회의 분위기는 과거와 완전히 달랐다.
과거에는 서로 힘을 합해서 유민택을 흔들자는 눈치였는데 이제는 서로 아귀다툼을 하고 있었다.
"아아, 진정하시고."
유민택은 딱 발을 빼 버렸기에 노형진이 대표로 여기에 왔다.
"저희는 정해진 규정에 따라 선발한 것입니다."
"정해진 규정? 이따위 결과가?"
"아무래도 같은 가문 사람들이 모여야 일이 원활하게 진행

되는 것도 있고…….”

“뭔 개소리야? 우리는 같은 가문 아니냐?”

“그게 아니라, 음……. 그래도 같은 집안끼리 모여야 일을 제대로 하지 않겠습니까?”

혈연. 그들이 대룡을 쥐고 흔들고자 했던 강력한 연결.

그걸 들이밀기 시작하자 모두의 눈이 돌아갔다.

“무슨 일을 그따위로 해!”

“사외 이사 아닙니까? 이사급은 외부에서 들어오는 공격을 방어해야 하는 책임이 있는 사람들입니다. 그런 사람들을 그냥 대충 뽑을 수는 없지요.”

“헛소리하지 말고 제대로 뽑아!”

“이미 결정되었습니다.”

노형진은 단호하게 선을 그었다.

“오늘 선발되신 분들은 일주일 후부터 출근하시면 됩니다. 출근 장소는 새론의 빌딩입니다. 주소는 합격자분들에게 별도로 발송한 문자와 메일에 있습니다.”

“야!”

“지금 뭐 하자는 거야!”

“이상입니다.”

노형진은 더 이상 말하지 않고 단상에서 내려왔다.

당연히 현장은 난장판이 되었다.

나가려고 하는 노형진을 붙잡으려고 하는 사람들과, 그런 노형진을 그냥 보내고 자신들의 권력을 확고히 하려는 사람들.

그들은 몸싸움까지 불사하면서 난리법석을 떨었다.

그 와중에 노형진은 머리채를 붙잡히고 옷이 당겨지고 심지어 계란에 머리가 엉망이 되어야 했다.

"이거야 원."

경호원이 없었으면 그곳에서 나오지도 못할 뻔했다.

"그 꼴로 그 사람을 만나러 갈 수 있겠나?"

"잠깐 근처 화장실 가서 옷을 갈아입고 가도록 하죠."

"옷이 있어?"

"예상하고 왔습니다. 그래서 미리 준비했습니다. 그런데 날계란은 생각 못 했네요."

피식 웃는 노형진에게 송정한은 혀를 끌끌 찰 수밖에 없었다.

"그나저나 진짜 궁금해서 그러는데, 오늘 만나는 사람이 키라는 게 무슨 소리인가?"

"비밀이라니까요, 후후후."

송정한은 결국 궁금증을 참아 가면서 노형진과 함께 오늘 만나기로 한 남자 유승철을 만나러 갔다.

유승철, 나이 45세, 슬하의 자식이 1남 2녀, 아내와는 이혼. 양육권은 아내가 다 포기해서 아이들과 함께 살고 있고, 얼마 전 다니던 공진건설에서 해직.

노형진이 유민택에게 받은 서류였다.

딱 노형진이 원하던 타입이었다.

유씨 집안에, 아이들이 다 미성년자라 돈이 엄청나게 들어갈 수밖에 없는 상황.

거기다 아내와 이혼하면서 재산까지 분할했다.

아내는 아이들 양육권을 포기하고 가 버렸고, 세 아이는 유승철이 혼자서 케어해야 하는데 자금 상황이 악화된 공진건설에 칼바람이 불면서 그 희생양이 되어야 했다.

그렇다 보니 지금 노형진 앞에 있는 유승철은 당장이라도 죽을 것 같은 사람의 표정이었다.

'안타깝네.'

그는 그래도 가문을 위해 최선을 다하려고 했다.

물론 회의를 꼬박꼬박 참석한 건 아니지만 그래도 가문 사람들을 자기 회사에 넣어 주려고 소개도 해 줬고, 여러모로 힘도 써 줬고, 가문에 내야 하는 종친회비도 계속 냈다.

그래서 그의 전화번호가 종친회에 남아 있었고 말이다.

"유승철 씨?"

"네."

노형진은 유승철을 보면서 단도직입적으로 물었다.

"혹시 가문에서 연락받은 거 있습니까?"

"밀린 종친회비를 내라고……."

그렇게 말하던 그는 한숨을 푹 쉬었다.

"아무리 그래도 너무한 거 아닙니까? 고작 12만 원 밀렸다고 변호사까지 사서 이렇게 몰아붙입니까?"

긴 한숨을 쉬는 유승철. 그의 얼굴에는 얼핏 분노도 보였다.

"사정을 말하지 않았습니까? 내가 죽겠는데 종친회비를 어떻게 냅니까? 그런데 그걸 변호사까지 사서 달라고 해요? 나 그냥 종친회에서 탈퇴하겠습니다."

아마도 전화로 제법 시달린 듯 눈을 찡그리는 유승철.

노형진은 그런 그를 보면서 피식 웃었다.

"저는 종친회비 때문에 온 게 아닙니다."

"그러면요?"

"진짜로 종친회비 말고는 연락 온 게 없습니까?"

"없습니다."

"그렇군요."

노형진의 예상대로였다. 그리고 그걸 노리고 판 함정이었고.

"도대체 무슨 일입니까?"

"그러면 새론에서 이번에 사외 이사 파견직을 유씨 가문에 20% 할당했다는 것도 모르시겠네요?"

"그게 무슨 말입니까?"

"사실은 일이 어떻게 된 거냐면……."

노형진은 유씨 가문에서 있었던 일을 이야기했다.

그 말을 듣는 유승철의 얼굴에는 황당함이 가득했다.

“그런데 지원자들을 봤는데, 현장에 있던 분들의 가족들만 지원했더군요.”

“그게 무슨……?”

“그래서 저희가 좀 확인하고 있습니다.”

한정된 기회, 그리고 많은 지원자.

그렇다면 그 기회를 알게 된 사람은 무슨 생각을 하게 될까?

이 기회를 모두에게 알리고 공정하게 싸울 생각을 할까?

‘그럴 리가 없지.’

구두계약은 증거가 있다면 효과가 있다.

그리고 노형진은 유씨 종친회에서 구두로 발표했다.

증인들이 있었고, 그 회의를 녹음하고 녹화하는 사람들도 있었으며, 심지어 속기사도 있었다.

즉, 법적으로 본다면 완벽하게 구두계약이라고 볼 수 있다.

‘그리고 나는 약속대로 20%를 뽑았다.’

하지만 노형진은 여기에 살짝 함정을 담았다.

유씨 가문에서 20%를 뽑겠다.

거기에 있는 사람들이 아니라, 유씨 가문 종친회 소속이다.

그리고 유씨 가문은 당연히 그 사실을 모든 종친에게 알려야 한다.

그래야 법적으로 완벽하게 계약이 성립된다.

‘하지만 거기에 있던 인간들이 그랬을 리가 없지.’

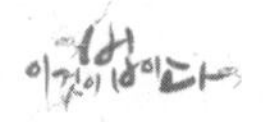

대략 백 명쯤 되는 사람들.

그들은 다른 사람들에게까지 알려서 굳이 경쟁률을 높이려고는 하지 않았다.

당연히 비밀에 부쳤다.

그리고 그 말은…….

"법적으로 하자가 있는 거거든요."

"법적으로요?"

"그렇습니다. 저희가 약속한 건 유씨 가문의 사람들이지 그날 회의에 출석한 사람들만을 기준으로 한 게 아닙니다."

"그런데 저랑 그거랑 무슨 관계죠?"

"이상하다는 생각이 들어서 유승철 씨에게 확인해 보는 겁니다. 솔직히 유승철 씨 조건이라면 대룡건설의 사외 이사로서 결격사유가 없거든요."

"네?"

"그렇지 않습니까?"

일단 건설업에 종사한 사람이라 하나부터 열까지 다 알고 있다.

더군다나 지금은 해직당해서 근무하는 것도 아니고 잘린 이상 이전 회사에 좋은 감정이 있을 리가 없으니 결탁해서 뭘 할 가능성도 없다.

"유승철 씨도 아시겠지만, 건설 쪽은 유독 장난을 많이 치는 곳입니다."

"그건 그렇지요."

건설업이라는 것 자체가 구조적으로 수익도 많고 그만큼 삥땅 칠 곳도 많다 보니 현실적으로 그런 문제가 생길 수밖에 없다.

당장 건설업은 정규직이나 계약직이 아니라 일용직을 쓰는 경우가 많은데, 법적으로 그들의 기록을 남길 의무는 없다.

열 명이 근무한 걸 스무 명이라고 속이거나 하는 식으로 돈을 빼돌려서 뒷돈을 만드는 건 그다지 어려운 일이 아니다.

정치인들이 죽어라 건설업자 편을 들어 주는 이유가 그거다.

건설 하나 하면 빼돌리는 돈은 엄청 많고 그 돈을 나눠 먹을 수 있으니까.

"그런 곳에는 아무래도 경험이 많은 사람이 필요하지요."

"그럼요, 그럼요."

"그런데 유승철 씨가 지원을 안 하셨더라고요."

"전혀 몰랐습니다. 그런 이야기는 전혀 몰랐다고요."

뒤통수를 맞았다고 생각해서일까?

그의 얼굴에 분노가 서렸다.

특별히 뭘 하지는 못했지만 가문을 위해 가능한 한 노력해 왔다.

그런데 그 가문에서 자신의 뒤통수를 이렇게 제대로 후려칠 줄은 몰랐다는 표정이었다.

"그렇군요. 이러면 곤란한데."

그러면서 슬쩍 송정한을 바라보는 노형진.

그리고 이야기가 이쯤 되자 상황을 알아차린 송정한은 고개를 끄덕거리면서 장단을 맞춰 줬다.

"이번에 대룡건설 사외 이사로 가는 사람이 그 사기꾼이었지?"

"아, 네. 맞습니다."

"사기꾼이라니요?"

그 말에 놀라 침을 꼴깍 삼키는 유승철.

"가문에서 지원한 사람들을 위주로 이미 마흔 명을 선발했습니다. 그런데 그중 한 명에게 사기 전과가 있더군요."

"그런 놈은 거기다 넣으면 안 됩니다! 그런 놈이 들어가면 어떤 일이 벌어지는지 아십니까? 한강 다리가 그냥 무너진 게 아닙니다!"

기겁하면서 소리를 지르는 유승철.

돈을 아끼기 위해 자재를 속이고 설계도를 변경하는 행동은 당장은 돈을 벌어 올지 모르지만 사람이 죽을 수도 있는 문제다.

그런 문제를 사기꾼에게 맡긴다?

"그래서 저희도 곤란합니다. 이대로라면 대룡도 무너질 수 있는 거니까요. 신뢰라는 게 조금씩 금이 가기 시작하면 언젠가는 답 없이 완전히 무너지거든요. 딱 유승철 씨 같은 사람이 들어가야 하는데……."

고민하는 척하는 노형진.

그러자 유승철은 뭔가를 기대하는 눈빛으로 그를 바라보았다.

"혹시 저희를 좀 도와주실 수 있을까요?"

"어떻게 도와드릴까요?"

"이건 명백하게 첫 과정에서부터 불법적으로 진행된 일입니다. 저희는 유씨 가문을 대상으로 이야기한 거지 거기에 있던 사람들만을 대상으로 이야기한 게 아니니……."

"그러면 제가 어떻게 해야 합니까?"

"그걸로 소송을 해 주십시오."

"소송요?"

"네. 엄밀하게 말하면 유승철 씨는 소송 당사자가 맞습니다."

유승철은 분명 지원 자격을 갖추고 있는 사람이다.

그런데 그런 사람에게 이야기하지 않고 자기들끼리 그 기회를 나눠 먹었다면, 법리적으로는 그 계약이 무효가 될 가능성이 크다.

"만일 그게 제대로 무효화된다면 처음부터 다시 뽑아야 합니다."

"그러면?"

"유승철 씨 역시 제대로 지원할 수 있으시겠지요."

그 말을 들은 유승철의 눈에서 빛이 번뜩거리기 시작했다.

"으하하하!"

송정한은 크게 웃었다.

노형진이 비밀로 하기에 얼마나 큰일을 저지를까 했더니 말 그대로 유씨 종친회를 가루로 만들 계획이었다.

"이거, 자네가 처음부터 노린 거지?"

"맞습니다."

"그리고 유씨 종친회는 거기에 놀아난 거고?"

"그것도 맞습니다."

"어이가 없군, 어이가 없어! 하하하!"

유승철은 새론과는 고소를 진행하지 않기로 했다.

일단 새론이 계약의 당사자라, 하기 애매하기 때문이다.

그래서 대신 법무 법인 하늘을 통해 소송을 하기로 했다.

"소송을 시작하면 주변 유씨 가문 사람들에게도 소문날 테고……."

당연히 소송의 당사자는 점점 늘어나게 된다.

"그리고 내부에서 그걸 도와줄 테고. 안 그런가?"

유씨 가문에는 유승철처럼 사외 이사를 뽑는 데서 배제된 사람들이 상당수 있었다.

당연하게도 그들은 이미 분노로 눈이 먼 상태였다.

노형진이 그들을 자극하기 위해 일부러 특정 집안사람들

만 뽑은 탓이다.

"그들은 소송이 들어오면 전력을 다해서 유승철 씨를 도와줄 테고 말이야."

"정확하십니다, 하하하."

그래야 자기들에게 기회가 생기니까.

소송을 통해 그 계약이 무효화되면 처음부터 다시 뽑아야 한다.

그렇게 되면 자신들 역시 기회를 얻는다.

"그리고 수적으로도 유리해지지요."

처음부터 다시 시작하자는 사람들이 압도적으로 많을 테니, 당연히 법원에서도 관련 증언과 증거가 엄청나게 나올 것이다.

"엄청나군. 난 진짜 꿈에도 생각 못 할 일이야."

"다른 곳도 아닌 종친회니까요. 사실 저도 고민이 많았습니다."

기업처럼 돈이나 직원으로 공격할 수 있는 것도 아니고, 그렇다고 그들의 집단범죄를 찾아낼 수 있는 것도 아니다.

종친회라는 특성상 개개인의 범죄를 찾아 한두 명은 무력화할 수 있을지 몰라도 전부를 무력화시킬 수는 없다.

더군다나 한국 기업들처럼 피라미드형 권력 구조를 가지고 있는 게 아니기 때문에, 위의 몇몇만 족친다고 해서 무너지지도 않는다.

"그리고 무작정 죄다 감옥으로 보낼 수는 없지 않습니까?"
유민택 입장에서는 아무리 자기 손자인 유영민에게 권력을 넘겨주기 위해서라곤 해도 자신의 집안사람들이 감옥에 가는 걸 좋게 생각하지는 않을 것이다.
"그래서 이렇게 한 거군."
"종친회라는 건 어떻게 보면 태어나면서부터 자연스럽게 가입하는 협동조합 같은 거니까요."
서로가 공평한 관계다. 그렇다면 그 부분을 공략하면 된다.
노형진은 그렇게 생각한 것이다.
"어찌 되었건 이번 일로 인해 유씨 종친회는 심하게 흔들리겠군."
"아직 시작도 하지 않았습니다."
"아직 시작도 안 했다고?"
"제가 유씨 종친회를 흔든다고 해서 그들이 가진 주식이 사라지는 건 아니지 않습니까? 가장 큰 문제는 그들이 가진 주식입니다."
"아, 그렇군."
지금이야 이렇게 흔들어서 조용히 넘어간다고 해도, 그들에게 주식이 있는 이상에야 당연히 이런 문제는 언제든 다시 생겨날 수가 있는 일이다.
외부에서 전문 경영인을 데리고 온다는 건 기업을 빼앗길 가능성이 낮아지고 좀 더 안정적인 승계가 가능해진다는 것일 뿐이다.

"하지만 유씨 가문에서는 절대 영민이한테 권력을 주고 싶지 않을 겁니다."

외부에서 온 전문 경영인.

그 말은 유씨 집안의 지분과 외부의 힘이 합해지면 그를 해직하고 다른 사람을 올릴 수 있다는 걸 의미한다.

"그러니 다른 소송을 하나 더 해야지요."

"다른 소송?"

"시대가 바뀌면 법의 적용도 바뀌는 법이니까요."

노형진은 눈을 반짝이며 말했다.

"이제는 유씨 가문과 관련이 없지만 또한 유씨 가문과 아주 밀접한 관련이 있는 사람들이 있지요."

"누구?"

"유씨 집안 여자들요, 후후후."

⚖

한국의 가문이나 집안, 종친회 등은 전통적으로 남자의 성을 따라 움직인다.

미국처럼 결혼하면 성이 남편을 따라가는 건 아니지만, 그래도 한국에서 역사적으로 보면 그러한 가문을 운영하고 끌고 가는 것은 남자였다.

결혼한 여성을 가문의 입장에서 가리키는 표현이 출가외인이다.
결혼해서 나가면 그때부터는 남이라는 거다.
"하지만 시대가 바뀌었습니다."
노형진은 눈앞에 있는 여자를 설득하고 있었다.
유씨 집안의 여자였지만 결혼하면서 연이 끊어진 여자, 유선희였다.
"법적으로 유선희 씨께는 권리가 있습니다."
"내게 권리가 있다고요?"
"그렇습니다. 법적으로 유선희 씨는 종친회 재산에 대한 권리가 있습니다."
시대가 바뀌고 여성의 권리가 신장되면서 바뀐 것 중 하나가 바로 종친회 내부에서의 여성의 권리다.
물론 종친회에서 그걸 주고 싶어 하지는 않았다.
"하지만 판례가 있지요."
종친회에 속한 여성이라면 그녀가 결혼했다고 해도 그 권리가 소멸되지 않는다.
지금까지 남성 위주로 나온 결정들을 뒤집는 판결이었다.
물론 사람들에게는 잘 알려지지 않은 판결이었다.
그래서 여전히 종친회는 남자 위주로 굴러간다.
"하지만 확실히, 유선희 씨는 그 재산에 대해 권리가 있습니다."

"내게…… 권리가 있다?"

"그리고 그 권리는 승계가 안 됩니다."

"네? 어째서요?"

"유선희 씨의 자녀는 유씨 집안이 아니라 박씨 집안 사람 아닙니까?"

그렇다면 그는 유씨 종친회 사람이 아니라 박씨 종친회 사람이라는 의미다.

"만일 유선희 씨가 이 권리를 포기하신다면 그 재산은 자연스럽게 유씨 집안의 종친회가 가지게 됩니다."

그 순간 유선희의 눈에 살짝 탐욕이 어렸다.

'그렇겠지.'

유씨 집안. 그녀의 본가지만 사실 이제는 완전히 끊어진 관계다.

한때 종친회에서 부모님과 함께 활동하기도 했지만 결혼하고 나서는 가깝지 않은 친척들과는 볼 일도, 종친회에 갈 일도 없었던 데다 이제는 부모님도 돌아가셨기 때문이다.

아버지가 돌아가신 후에도 유언에 따라 계속 활동했지만, 어머니까지 돌아가시고 나자 그 희미한 끈은 완전히 끊어져 버렸기에 지금은 유씨 종친회에 전혀 관심이 없는 상황이었다.

현실적으로 말하면 출가외인이라는 게 마냥 여자에게만 불리한 것도 아니다.

나가는 순간 기존 가문에 대한 그녀의 책임이 사라진다는 걸 의미하니까.

'저쪽에 책임은 없는데 재산은 남아 있다.'

그러면 사람들이 선택할 카드는 대부분 하나뿐이다.

"그걸 찾아올 수 있을까요?"

"일단 소송을 걸어 봐야 합니다."

"소송을요?"

"그렇습니다. 소송을 걸고 그 결과를 기준으로 판단해야 합니다. 그리고 소송은 가능하면 빠르게 진행해야 합니다."

"어째서요?"

"유씨 가문에 여자가 유선희 씨만 있는 게 아니지 않습니까?"

"……!"

해당 판례는 2011년에 생겼다.

그 말은 법적으로 2011년 이후에 들어가는 모든 소송은 당연히 그 판례의 효과를 적용받는다는 걸 의미한다.

"일반적으로 남자와 여자는 5 : 5로 봐야지요. 뭐, 인구 비례적으로 본다면 남자가 여자보다 조금 더 많다고는 하지만 그런 건 우리한테 중요한 게 아니니 단순 계산하지요."

현재 종친회에 속해서 이름을 올리고 있는 사람들은 족히 4만 명은 될 것이다.

물론 모든 종친회가 다 이렇게 크지는 않다.

유민택 그리고 대룡이라는 거대한 지원 세력이 있기에 상대적으로 커진 것이다.

"남녀 비율을 5 : 5로 나눈다면 당연히 그중 절반이 여자일 겁니다."

"그렇게는 안 될 거예요."

"그렇게 됩니다. 종친회비는 가정별로 들어가니까요."

"네?"

"그 종친회비를 각자 내는 건 아니라는 겁니다."

집안의 한 사람이 종친회에 가입되어 있으면 그 사람의 활동으로 그의 가족들의 이름이 다 올라가는 것이 보통이다.

일반적으로는 아버지가 종친회 활동을 하고 그 자녀들의 이름이 올라간다.

"만일 재산 분할을 하게 되면 그 아버지들이 어떻게 할 것 같습니까? 유선희 씨같이 결혼한 분들이 재산을 가지고 갈 판국인데요."

"아!"

결혼한 사람이 재산을 가지고 가겠다고 소송한다면?

당연히 종친회에서는 난리가 날 거다.

문제는 법적으로 그걸 막을 수가 없다는 거다.

아예 활동하지 않았다면 모를까, 그녀는 아버지의 유언에 따라 활동해 왔으니까.

"그러면 딸들을 위해 소송을 걸겠네요."

"종친회의 가장 큰 재산이 뭔지 아시죠?"

"대룡의 주식이지요."

다른 것도 아닌 대룡의 주식이다.

한 주당 수백만 원짜리다. 딱 한 주만 가지고 나온다고 해도 수백만 원을 벌 수 있는 거다.

"그걸 유선희 씨가 가지고 가게 놔둘까요?"

어떻게 해서든 안 주려고 할 테고, 누군가는 그걸로 이득을 보려고 할 게 뻔하다.

"너도나도 소송할 겁니다. 아마도 소송을 목적으로 활동을 시작하는 분들도 생길지 모르지요."

"여자들이요?"

"아니요. 남자들도 포함됩니다."

보통 종친회 재산은 분할하지 못한다고 생각한다.

하지만 사실은 소송을 통해 분할이 가능하다.

당연히 그 활동을 하다가 분할 소송을 하면 상황에 따라 분할된 만큼 지분을 요구할 수 있다.

"아마도 말이 많을 겁니다."

"그러면……."

"늦게 소송할수록 사람들이 많아질 테고, 분할할 재산은 점점 작아질 겁니다."

유선희는 입을 다물었다.

'머릿속이 복잡하겠지.'

소송하자니 왠지 배신하는 느낌이 들 테고, 소송을 안 하자니 수중의 돈을 날리는 느낌이 들 것이다.

'나도 왠지 꺼림칙할 테고.'

노형진은 자신을 기획 소송 전문이라고 소개했다.

즉, 유선희가 아니라고 해도 다른 사람들과 소송해서 집안을 거덜을 낼 거라는 의미다.

'그리고 그것만큼 합리적인 핑계가 더 있을까?'

어차피 내가 아니라고 해도 누군가는 다 해 처먹는다.

그러니까 나도 거기에 끼자.

그 말이 성립되면 대부분은 거기서 빠져나가지 못한다.

"소송할게요."

"올바르신 선택입니다."

노형진은 씩 하고 웃었다.

후계를 위한 숙청

"그래서 상황이 어떻다고?"

"유씨 가문에서는 다급하게 총회를 다시 열겠다고 하는데……."

"벌써 몇 번째 총회인지 모르겠군."

"상황이 그만큼 다급하니까요."

부하 직원에게서 자신의 집안 상황에 대한 보고를 받은 유민택은 씁쓸한 표정이 되었다.

자신이 의뢰한 것이기는 하지만 그렇다고 해서 자신의 가문이 조각나는 걸 원하지는 않으니까.

"어쩔 수 없습니다. 한 번은 갈아 버려야 합니다."

마침 그의 사무실에 있던 노형진은 그런 유민택을 보며 말했다.

"알고 있네. 때로는 돌이킬 수 없는 선이 있는 법이지."

자신이 사업할 때 지원해 준다면서 돈을 모아 준 건 감사한 일이다.

하지만 그 당시에 그 일을 해 주었던 분들은 이미 다 돌아가셨다.

그때는 그가 30대였고 그 당시에 그를 도와주신 집안의 어른들은 대부분 60~70대였다.

평균수명이 그다지 길지 않던 시대.

그렇게 돌아가신 집안 어른들의 뒤를 이어받은 놈들이 집안이고 가문이고 다 자신의 이권을 위해 이용하기 시작했던 것.

"시대가 바뀌면 모든 게 바뀌는 법입니다. 솔직히 요즘 같은 시대에 가문의 가치가 얼마나 됩니까?"

현실적으로 그런 게 사실이다.

가문이 중요한 이유는, 가문이 힘을 가지고 있으면 그 가문 내에서 끌어 주고 밀어주기 때문이다.

그리고 유민택은 그 핵심이다.

"그런 걸 알면서도 선을 넘은 건 그들 아닙니까?"

가문에서는 유민택 사후에 새로운 회장을 내세우기 위해 혈안이 되어 있었다.

심지어 아직 유민택이 멀쩡하게 살아 있는데도 내부에서는 서로 자기가 새로운 회장 후보라고 설레발치는 놈들도 있었다.

"그러면 이제 어쩔 건가?"
"제가 어쩔 게 아니라, 슬슬 상어들이 모여들 겁니다."
"상어들이 모여든다고?"
"새론이 기획 소송으로 막대한 수익을 냈지요. 다른 곳들은 아닐까요?"
"응?"
"재산 분할 청구 소송 말입니다. 제가 유선희 씨와 몇몇 분들을 통해 건 소송."
"아, 그러겠군."
그런 소송의 존재를 모르는 사람들이 있을지도 모른다.
하지만 이제는 모두가 안다.
그리고 대부분은 그동안 자신들이 낸 회비에 대한 충분한 보상을 받지 못했다.
"그러면 답은 나오죠."
여자든 남자든 재산을 나눠 달라고 할 것이다.
"제가 기록을 보니 유씨 가문에서 가지고 간 재산이 어마어마하더군요."
"뭐, 그쪽에서 투자할 때만 해도 완전히 휴지 조각이나 마찬가지였거든."
유민택은 한숨을 쉬며 말했다.
"진짜 망하기 직전이었지."
어느 정도 키워 둔 대룡. 투자받고 싶어도 해 줄 만한 곳이 없었다.

은행에서도 그다지 가능성이 없는 기업으로 분류되어 있었다.

중견급이라고 하지만 확실하게 담보로 잡을 만한 것도 없었다.

"그래서 집안에 부탁한 거네. 그 당시에 종친회에 재산이 좀 있었거든."

그 당시만 해도 집안에서 한 명이 성공하면 가문을 이끌어 줄 거라는 생각이 강했기에 다들 동의해 준 덕에 유민택은 위기를 기회로 만들고 성장할 수 있었다.

당연히 그 당시에 넘겼던 주식은 어마어마한 가치로 폭등했고 말이다.

"아마도 우리나라에서 종친회만 놓고 본다면 가장 부자겠지."

그런데 그게 과했던 걸까? 결국 자신을 내치고 자기들이 대룡을 먹을 생각을 하다니.

"일단 그걸 막기 위해서는 저는 종친회를 해체할 겁니다. 그냥 두면 분명 영민이를 노릴 테니까요."

"도와주신 분들에게는 죄송하군."

"도움은 도움이고 결과는 결과입니다."

성공한 후에 은혜를 안 갚은 것도 아니고 최선을 다해서 가문을 도왔다.

"그리고 종친회가 사라지는 것은 아니지 않습니까?"

"그게 무슨 말인가?"

"종친회가 사라지는 게 아니라 종친회의 재산이 사라지는 겁니다."

"재산만 사라진다?"

"그렇습니다."

종친회가 사라지는 것은 아니다.

기업이 아니기에 파산선고를 받거나 할 일도 없다.

"그냥 가지고 있던 재산이 사라지는 겁니다. 그다음에 멀쩡하게 다시 종친회를 운영하면 됩니다. 마땅한 사람을 세워서 말입니다."

"상어 떼가 다 가지고 가는 건 아니고?"

"기업도 아닌데 그게 가능하겠습니까? 제가 말한 상어 떼는 변호사들입니다."

노형진이 어떤 소송을 하든 그건 어느 정도 소문날 수밖에 없다.

특히나 기획 소송의 경우 그걸 따라 하면 제법 많은 돈을 벌 수 있는 게 사실이다.

물론 새론이나 대룡 내부인처럼 자세한 정보를 얻을 수 있는 것은 아니지만, 그래도 외부에 보이는 과정은 충분히 따라 할 수 있다.

"애초에 이번 분할 문제는 딱히 따라 할 필요도 없을 만큼 상식적인 재판이니까요. 판례가 있으니까 싸우는 게 어렵지 않지요.”

그렇게 판례가 있고 이미 과정이 완성된 사례. 그리고 유씨 가문에 넘치는 사람들.

“아마도 변호사들이 엄청나게 달려들 겁니다. 대충 종중 사람들과 주식을 나눈다고 생각하고 분리해 보니 한 사람당 대략 2천만 원 이상 나오더군요.”

“모두 다 나눈다고 할 때?”

“그렇습니다. 그리고 그게 뭘 의미하는지 아시지요?”

“내가 그걸 우선 흡수해야겠군.”

“대룡은 이제 가문의 기업이라는 클래스를 넘어 세계적 기업의 단계에 올라갔습니다. 미래를 준비해야지요.”

한 사람당 2천만 원 정도의 주식을 가지고 간다면 그들이 그걸 어떻게 할까?

거의 100% 판다고 봐야 한다.

그리고 그게 어디로 팔릴지는 아무도 모른다.

“적대적인 기업에 팔린다면 아무래도 곤란하겠지요.”

“내가 접근해서 그걸 구입하라 이거군.”

“맞습니다. 저희 마이스터에서도 어느 정도 구입할 겁니다.”

그나마 다행인 것은 아예 커버 못할 정도로 비싼 주식은 아니라는 거다.

사실 개인당 2천만 원이라고 해 봐야 주식시장에서는 개

미다. 그게 가문에 몰려 있으니 부담이 되는 것일 뿐.

“그쪽은 상어들이 알아서 찢어먹을 겁니다. 어차피 하늘 쪽에서도 붙었고요.”

자신이 모든 걸 할 이유는 없다.

“남은 건 내부에 남은 사람들을 정리하는 겁니다.”

“내부라……. 두 번째 피바람이 불어야 한다는 건가?”

이미 한번 유민택은 내부를 정리했다.

자신의 후계 구도에 불만을 가진 개국공신들과 중진들을 쳐 내기 위해 말이다.

“왕도란 그런 겁니다. 끊임없이 쳐 내고 죽여 가며 지켜야 하지요. 설사 같은 가문, 한 형제라고 하더라도요. 그게 싫다면 자리에서 내려오시면 됩니다.”

“사양하겠네. 그렇게 되면 내가 제명에 못 죽지 싶어.”

진짜 왕은 아니라지만 한국의 재벌은 왕이나 다름없다.

상왕인 유민택이 남아 있다면 부담이 될 테니, 그때는 새로운 왕이 대룡의 힘으로 유민택을 죽이려고 할 것이다.

당장 대동만 봐도 둘째인 신동성이 자신의 아버지를 죽이기 위해 칼을 들었는데, 성씨가 같을 뿐인 새로운 왕이 유민택을 곱게 살려 두지는 않을 것이다.

유민택의 손자인 유영민은 분명 자신의 자리를 위협할 차기 후계자 중 한 명이니까.

“칼을 뽑았는데 주저할 필요는 없겠지.”

유민택은 생각을 정리하는 듯한 표정으로 말했다.
"때로는 군주란 비정해야 하니까."
지금 이 순간 유민택은 완벽한 한 명의 폭군이었다.

사외 이사. 조직을 감시하고 부패를 막는 사람들.
하지만 한국에서는 그러한 일을 제대로 하지 못한다는 결정적인 문제가 있었다.
오늘까지는 말이다.
하지만 새론에 속한 사람들은 아니었다.
도리어 그들에게는 내부를 감사해야 하는 확실한 이유가 있었다.
"새로운 파견 계약서입니다."
"파견 계약서?"
"그렇습니다. 여러분들은 다음 주부터 대룡으로 파견됩니다."
눈을 크게 뜨는 사람들.
수많은 사람들이 새론에 속해 있지만 모두가 대룡에 가고 싶어 했다.
"그리고 그 대룡에 관한 새로운 계약서입니다."
"설마 대룡에서 임금을 깎거나 하는 건가요?"

"그건 아닙니다."

파견이라지만 임금은 대룡 내부의 사외 이사 기준으로 지급한다.

그걸 새론에서는 3%만 운영비로 떼고 이들에게 지급한다.

그러니 이들이 대룡에 가고 싶어 하는 건 당연한 거다.

다른 곳보다 훨씬 월급이 많으니까.

"보너스에 관한 규정입니다."

"보너스?"

"여러분들은 파견 직원이니까 대룡에서 여러분들에게 보너스를 줄 수는 없지요."

"아……."

내부인이라면 모를까, 외부인이라면 실적과는 상관없으니까.

보너스를 주려면 새론의 이득이 늘어나야 하는데, 사실상 3%의 수익률이라면 자신들을 관리할 최소한의 인건비만 측정한 거다.

그러니 수익률이 높아질 수도 없고 당연히 보너스도 없다.

"이 보너스는 새로운 형태입니다."

"새로운 형태라면?"

소송과 별개로 새롭게 들어온 유승철은 눈을 번득거렸다.

안 그래도 돈이 필요한 상황.

그는 눈치 빠르게 보너스의 기준을 알아차린 것이다.

"보너스라는 게 뭡니까? 결국 일을 잘하면 지급되는 거 아닙니까?"

"그러니까 우리가 거기를 뒤져서 제대로 문제를 잡아내면 보너스가 지급된다 이거군요."

"맞습니다."

사외 이사가 해야 할 일, 그걸 제대로 하면 보너스를 주겠다는 말에 눈을 반짝이는 사람들.

노형진은 그들에게 계약서를 내밀면서 말했다.

"그 대상이 누구든 간에 말입니다."

"누구든?"

"제가 팁을 하나 드릴까요?"

"팁이라고 하시면?"

"솔직히 여기서 사외 이사 일을 제대로 해 보신 분은 많지 않잖습니까?"

"으음……."

대부분 사외 이사는 낙하산인 경우가 많다.

어차피 쓰기는 해야 하는데 일을 하는 사람은 아니니, 적당히 자기들 말을 잘 듣는 사람 위주로 배치하고 연봉을 주면 그들이 알아서 입을 다무는 게 현실이다.

'애석하게도 그건 대룡도 마찬가지고.'

사외 이사의 상당수가 유씨 가문 사람이라는 건 유민택도 인정한 사실이다.

어쩔 수가 없다. 기업이 마냥 깨끗하게 성장할 수는 없으니까.

기업을 완벽하게 깨끗하게 운영하면서 성장한다는 것은 유토피아만큼이나 허무맹랑한 말이다.

"공격 지점이라고 해야 할까요?"

"공격 지점요?"

"여러분들은 사외 이사 경험이 없으시지요. 하지만 그쪽 계통에서는 전문가입니다. 그러니 정확한 시작점만 찾으신다면 충분히 제대로 일할 수 있습니다."

"그러면 어디를 공격해야 하나요?"

"사외 이사를 공격하세요."

"네? 그게 무슨……?"

노형진의 말에 다들 당혹스러운 표정이 되었다.

다른 사람도 아닌 사외 이사를 공격하라니? 그건 예상하지 못한 말이었다.

"사외 이사는 아무런 권한이나 권리도 없습니다."

회사 내부에서 결정권을 쥐고 있다지만 말 그대로 결정권일 뿐이다.

뭔가를 준비하거나 입안할 자격은 없다.

"그래서 제가 그들을 노리라고 하는 겁니다. 여러분들에게는 그게 제일이지요."

"이해가 안 갑니다만."

"음…… 여러분들은 회사에 가면 뭐부터 하시겠습니까?"

"일단 서류부터 파고들기 시작하겠지요."

"그 양은 얼마나 될까요?"

"……."

말 그대로 어마어마하다.

한 기업에서 쏟아지는 서류의 양은 테라바이트급이다.

서류가 가지는 용량이 얼마 안 된다는 것을 감안하면 죽어라 파고들어도 쉽게 허점을 찾기 어려운 양이다.

"그리고 여러분들이 상대해야 하는 사내 이사들은 그런 걸 감추는 데 도가 큰 놈들입니다."

"아……."

노형진이 보내는 사람들은 실무자들이지 전문가가 아니다.

전문가를 보내서 뭔가를 털어 내려고 한다면 차라리 세무팀을 운영하는 게 훨씬 낫다. 그들은 특히 예산에서 이상한 점을 찾아내는 일의 프로니까.

"일단 특정되면 추적할 수 있겠지만, 여러분들이 특정하지 못한다는 게 문제이지요."

"그러네요."

유승철은 고개를 끄덕거렸다.

자신이 건설업에서 뼈가 굵었다지만 상무나 이사급까지 올라가지는 못했다.

즉, 현장 서류는 볼 수 있지만 회사 전반의 서류는 구멍이 나 있어도 읽어 내지 못할 가능성이 크다는 소리다.

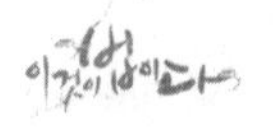

“그래서 제가 여러분들에게 사외 이사를 노리라고 하는 겁니다.”

“어째서요?”

“지금 대한민국에서 사외 이사들이 사내 이사들과 손잡고 짝짜꿍하는 것은 딱히 비밀도 아닙니다. 다들 아시지요?”

“알지요.”

“그러니까 회사 꼴이 그렇게 개판이 되는 거고요.”

애초에 사외 이사가 제대로 일을 한다면 돈을 빼돌리거나 중간에서 수작 부리는 것은 극도로 힘들어진다.

“맞습니다. 그리고 사외 이사들은 그걸로 부수입을 만들어 냅니다.”

“부수입?”

“사외 이사들이 단순히 월급만 받아먹는다면 그렇게 하는 걸 방치할 이유가 없지요.”

“네?”

“월급을 주는 건 회사입니다, 사내 이사들이 아니라.”

그리고 회사 입장에서는, 횡령이나 뇌물 같은 내부 문제를 해결하기 위해 눈에 불을 켤 수밖에 없다.

사장단급 이상이 나서서 그런다고 하면 사외 이사도 어쩔 수 없겠지만, 동급 이사 라인에서 그런다고 하면 사외 이사는 충분히 견제가 가능하다.

“그런데 그들은 입을 다물고 있지요.”

노형진이 오랫동안 보아 온 사외 이사의 부패 과정이 바로 그랬다.

"처음에는 그냥 말 잘 듣는 사외 이사로 들어옵니다. 그러다가 내부에 대해 어느 정도 잘 알고 부패 행위에 대해 캐치하지요. 그리고 그걸 파고듭니다."

여기서 선택해야 한다.

회사에 알리고 바로잡든가, 아니면 자신이 안다는 걸 상대방에게 알리고 달라붙어서 빨아먹든가.

"보통은 후자를 선택합니다."

내부 일을 할 수 있는 권리는 없지만 어차피 먹는 불법 자금, 같이 나누자는 거다.

그리고 대부분은 모든 걸 잃어버리느니 자신이 먹을 걸 조금 나눠 먹는 선택을 한다.

사외 이사도 그 부분에서는 마음이 맞는 게, 내부에서 일을 하지 않는 특성 때문에 잘리면 그만이라는 인식이 있기 때문이다.

거기다가 내부 파벌이라는 걸 만들 수조차 없다.

사'외' 이사니까.

파리 목숨이라는 점 때문에 대부분은 슬쩍 눈감고 뭐라도 하나 더 먹으려고 한다.

"그러면…… 그들이 관심을 보인다는 건 일이 잘못되고 있다는 거네요."

"그렇습니다."

노형진이 노린 부분이 바로 그거였다.

사외 이사는 나눠 먹을 것을 끊임없이 찾는다.

물론 그걸 찾아서 제대로 감사 활동을 하면 좋겠지만 애석하게도 그런 사람은 극히 드물다.

"사외 이사들이 살펴본 서류들 중에서 관련 서류들을 파고들었던 자료들을 확인하세요."

초기 서류들을 확인하고 문제점이 없다면 통과.

하지만 문제점이 발견되면, 그게 자신의 용돈이 될 수 있는지 파고들기 시작한다.

"우리는 손해 볼 게 없지요. 설사 꽝이라고 해도 문제 될 게 없고, 오히려 잭팟이라고 하면 여러분들에게는 상당한 보너스가 지급될 겁니다."

침을 꿀꺽 삼키는 사람들.

"제대로 한번 털어 보세요."

노형진은 그들을 보면서 미소 지으며 말했다.

"그만큼 여러분의 계좌는 두둑해질 테니까요."

대룡으로 파견된 사외 이사들.

그들이 왔을 때 내부에서는 좋게 생각하지 않았다.

사실 자신들을 때려잡으려고 왔는데 좋을 수는 없다.
물론 언제나처럼 내부자들은 일단 좋은 관계를 만들려고 했다.
그래야 뭔가 걸린다 해도 서로 나눠 먹고 덮을 수 있을 테니까.
"유승철이, 오랜만이네."
유승철은 자신을 반기는 남자를 보고 눈을 찌푸렸다.
자신보다 어린 나이의 남자가 반말해서?
사실 그건 이해가 간다. 어찌 되었건 자신보다 항렬로는 윗배니까.
"안녕하십니까, 할아버님."
"그래, 우리 승철이, 요즘 힘들었다며?"
실실 웃는 유호진을 보면서 유승철은 이를 빠드득 갈았다.
'개새끼.'
그럴 수밖에 없다.
유호진은 대룡건설의 사외 이사였다.
유민택이 넣어 준 사람이었고, 자신보다 나이가 어림에도 불구하고 집안에서 항렬이 높다는 이유로 선발되었다.
능력도 없는 그는 건설업계에서 사외 이사라고 거들먹거리고 다녔다.
'너만 아니었으면…….'
사실 그가 그렇게 이를 박박 가는 건 유호진이 유승철의 해직에 간접적인 연관이 있기 때문이다.

그가 일하던 공진건설은 대룡건설의 하청 업체 중 하나였다.

물론 유승철이 대룡건설의 백으로 들어간 것은 아니다.

당당하게 시험을 봐서 들어갔고, 대룡과는 그다지 관련 없는 삶을 살아왔다.

그러나 그러던 중에 유호진이 와서는 온갖 갑질을 하기 시작한 것이 문제였다.

엄밀하게 말하면 내부 일은 못 하게 되어 있는 사외 이사임에도 불구하고 그의 갑질은 끝이 없었다.

그리고 그냥 사라졌다면 모르는데 또 거기서 유승철에게 알은척해 버렸다.

같은 유씨 가문의 사람이라는 둥 하면서 알은척한 것이다.

당연하게도 갑질을 하던 유호진에 대한 사람들의 미움은 자연스럽게 유승철에게로 향했다.

그래 놓고 보호라도 해 줬으면 모르는데 보호는커녕 유씨 가문에서 이딴 곳이나 다닌다고 대놓고 무시했다.

사실 능력이 없지만 단순히 항렬이 높다는 이유로 사외 이사를 하는 그가 할 만한 말은 아니었지만, 사실상 보호받지도 못한다는 사실이 소문나면서 결국 유승철이 잘리게 된 것이다.

데리고 있어 봐야 부담스럽기만 하고 그렇다고 유씨 가문이라고 도움받을 수 있는 것도 없고 유호진이 친척을 만난다고 와서 깐죽거리는 통해 갑질만 당했으니까.

“우리 여기서 같이 일하게 되니까 좋네.”

그런 사정을 아는지 모르는지 유호진은 유승철을 보면서 웃고 있었다.

“네, 아주아주 좋네요.”

유승철은 그런 유호진을 보면서 함께 웃었다.

하지만 그 미소의 의미는 많이 달랐다.

유승철은 유호진이 살펴봤던 기록을 계속 뒤졌다.

그리고 그 안에서 있었던 심각한 파벌 문제도 일찌감치 알아차렸다.

물론 파벌 문제가 없는 회사는 없다.

하지만 내부 상황은 생각보다 심했다.

“그게…….”

“그래서, 내가 달라는 걸 못 준다 이 말인가?”

“못 드린다기보다는…….”

물론 유승철이 유호진에게 가서 ‘혹시 최근에 본 게 뭡니까?’라고 물어볼 수는 없다.

하지만 그런 서류를 제공하는 곳은 결국 뻔하다.

특히 건설업이라고 하면 당연히 먼저 보는 곳이 자재를 담당하는 곳과 인건비를 담당하는 곳이다.

건설업에서 가장 돈을 해 처먹기 편한 곳이니까.

그리고 유승철이 가장 먼저 부른 것은 다름 아닌 자재과였다.

"그게 말입니다, 유호진 이사님이 외부에 반출하지 말라고 하셔서요."

"내가 외부인인가?"

"그건……."

분명 사외 이사니까 외부인이라면 외부인이다.

"하지만 나는 이사일세. 그리고 자네도 직장인이니까 사외 이사가 뭐 하는 사람인지 알 거 아닌가?"

"그건 그런데……."

"이보게, 김 과장."

"네, 이사님."

애초에 도움을 순순히 받을 수 있을 거라 생각하지는 않았다.

바보가 아닌 이상에야 자신들이 뭔 짓을 하든 그걸 깔끔하게 묻어 버리기 위해 온갖 수법을 다 쓸 테고, 그중 하나가 협박이니까.

—협박은 더 강한 협박에 무너집니다.

노형진이 했던 말이다.

그리고 유승철 또한 그걸 잘 알기에 김 과장을 불렀다.

"그걸 공개하면 자르겠다고 협박이라도 하던가?"

"아니, 그게……."

"그랬겠지."

어렵지 않은 추측이다. 자신도 당했던 일이니까.

그리고 그 대응책 역시 어렵지 않았다.

"거기서 잠깐 기다리게."

"네."

고개를 끄덕거리는 김 과장. 그리고 어디론가 전화하는 유승철.

그것도 스피커폰으로 이야기를 나눴다.

–변호사 노형진입니다.

"대룡건설의 유승철 이사입니다."

–이 시간에 어쩐 일이십니까?

"회사 내부에서 범죄를 은닉하는 직원이 있습니다. 어떻게 할까요?"

유승철의 말에, 가만히 서 있던 김 과장은 얼굴이 새파랗게 변하기 시작했다.

노형진이라는 이름을 모를 리가 없으니까.

–누굽니까?

"자재과 사람입니다."

"이사님, 저는 그게……."

"아아…… 조용. 통화 중인 거 안 보이나?"

다급하게 변명하려고 하던 김 과장은 그대로 얼어붙었다.

-일단 추가 자료를 좀 알아보시고요, 유 회장님께는 제가 따로 보고드리겠습니다.

"민사 진행하실 겁니까?"

-할 겁니다. 아시지 않습니까? 범죄를 저지르는 자에게는 자비가 없습니다. 그리고 지난번에도 손해배상 청구 소송을 했는데 지금은 하지 않으면 법적인 형평성에 어긋나는 거니까요.

"알겠습니다. 관련 서류는 바로 새론으로 보내 드리겠습니다."

-네, 기다리겠습니다.

전화가 끊어지자 김 과장은 그대로 무릎을 꿇었다.

"이사님! 살려 주십시오!"

"미안하지만 힘들 것 같으이. 자네도 알지 않나? 유 회장님이 절대 농담하시는 분이 아니라는 거 말일세."

"아니, 그게…… 제가……."

"난 새론에서 파견 나온 직원이네. 그게 뭘 의미하는지 정말 모르겠나?"

일반적인 사외 이사라면 직접 회장을 면담한다는 건 불가능하다.

설사 유씨 가문 사람이라고 해도 그건 불가능하다.

하지만 노형진이라면 다르다.

그라면 언제든 개인 면담을 할 수 있는 사람이다.

“유호진 이사가 자네를 자를 수도 있겠지. 하지만 새론은 자네에게 민사소송도 할 수 있다네. 아마도 그 소송이 들어간다면 유호진 이사는 자신이 저지른 모든 범죄를 자네한테 뒤집어씌우겠지.”

“아닙니다. 저는 아무것도 하지 않았습니다.”

“그건 내 알 바 아니고. 뭐, 소송하고 조사를 시작하면 뭐든 나오지 않겠나?”

“이사님…… 제발…… 제발…….”

“이미 늦었네. 내가 왜 총무부가 아니라 자네를 먼저 불렀는지 아나? 건물은 자재가 생명이야. 거기에 장난을 치면 건물이 무너질 수도 있네. 그거에 대해 누가 책임질 것 같나? 응? 삼풍백화점이 왜 무너졌는지 아나? 만일 대룡의 건물이 무너지면? 자네가 그 책임을 질 수 있나?”

김 과장은 얼굴이 시커멓게 변해 가기 시작했다.

“총무부 입장에서는 기껏해야 인건비 빼돌리기겠지. 하지만 자재 빼돌리기나 자재 바꿔치기를 하기 시작하면 그 결과는 죽음이네. 물론 자네도 각오하고 한 일일 테니 내가 뭐 어쩌겠냐만.”

유승철의 말은 차갑기 그지없었다.

그는 건설업에 근무했던 사람으로서 그런 행동을 절대 용서할 수가 없었다.

“자네도 알다시피 이런 문제는 확실하게 해 놔야 나중에 뒷말이 안 나오거든.”

일이 터진 후에는 회사의 높은 분들이 그 책임을 진다.

하지만 일이 터지기 전이라면?

높은 분들께서는 미리 터트린 후에 그 책임을 아래로 돌리고, 그 후에 해당 건물의 수리비나 기타 비용을 모두 그들에게 떠넘길 수도 있다.

“기억할지 모르겠지만…….”

유승철은 김 과장을 보면서 말했다.

“우리 대룡건설에서 원자재가 방사능에 오염된 적이 있지. 그거 기억하나?”

김 과장은 얼굴이 사색이 되었다.

과장쯤 되면 그 사건을 모를 수가 없다.

그 사건으로 인해 대룡건설이 발칵 뒤집어졌으니까.

그 당시 대룡건설은 극단적 방법을 사용했다.

건물 자체를 무너트리고 해당 오염물을 큰돈을 들여서 모조리 방사능 폐기물로 처리했었다.

“그때는 성화라는 놈들한테 놀아난 거지만…….”

김 과장을 차갑게 바라보는 유승철.

“자네는 재산이 얼마나 있는지 모르겠군.”

김 과장은 두 손을 모아 싹싹 빌기 시작했다.

"저는 진짜 아닙니다. 전 고작 과장입니다. 제가 해 봤자 뭘 어떻게 하겠습니까?"

그의 말이 틀린 건 아니다.

해 처먹는 건 위쪽이지만 책임은 아래에서 지는 게 보통이니까.

"하지만 법적으로 사건을 감추려고 한다면 그건 사후 공범 개념이 된다고 하더군. 내가 새론에서 온 건 잘 알 테니 거짓말은 아닌지 의심할 필요는 없네. 자네는 그저 책임만 지는 거지, 책임만."

사후 공범이 되면 공동으로 배상 책임을 지게 된다.

당연히 그는 전 재산을 털어야 할 것이다.

"아파트 한 동만 날아가도 자네 전 재산을 날리는 거지만, 뭐."

그렇게 말하며 어깨를 으쓱하는 유승철.

"당분간 근신하면서 가족들한테 이야기해 두게. 아, 그리고 이미 사건 진행 중이니까 이제 와서 이혼하고 재산을 가족들에게 빼돌리는 식의 방어는 불가능한 거 알 거라 생각하네."

유승철이 극한으로 몰아붙이자 김 과장은 공격에서 벗어나기 위해 사력을 다해 매달렸다.

"당장 가지고 오겠습니다. 뭐가 이상한지 뭐를 노리는지, 알아내서, 당장 가지고 오겠습니다."

어쭙잖게 줄서 봐야 남은 것은 파멸뿐이라는 걸 그는 알고 있었다.

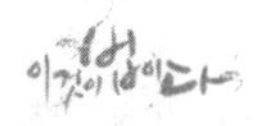

더군다나 대룡의 왕은 유민택이다.

아무리 유호진이 잘나가도 결국은 사외 이사.

잘리면 그만이다.

"뭐, 그럴 필요까지 있겠나? 자네 부하들도 일 잘할 것 같은데."

"아닙니다. 제가 하겠습니다. 제발 하게 해 주십시오."

유승철은 힐끔 그를 바라보았다.

'채찍질은 그만할까?'

물론 그를 물고 늘어져도 되기는 한다.

하지만 그를 물고 늘어지는 동안에 유호진과 다른 놈들은 범죄를 은닉할 다른 방법을 찾을 것이다.

잘려 나간 도마뱀의 꼬리에 신경 쓰다가 진짜 도마뱀을 놓칠 수는 없는 노릇.

"그러면 이쪽에 충성을 바칠 수 있나?"

"충성을 바치겠습니다. 어떻게 해서든, 뭐가 이상한지 다 알아내서 가지고 오겠습니다."

"좋네. 그러면 일주일을 주겠네. 그 안에 서류를 모조리 정리해서 가지고 오게. 아, 그리고 이 모든 건 비밀이야. 알겠지?"

"네, 알겠습니다."

김 과장은 고개를 격렬하게 끄덕이고는 급하게 떠나갔다.

혼자 남은 유승철은 얼마 후 당황할 유호진의 얼굴을 상상하면서 이를 빠드득 갈았다.

'개새끼, 얼마 안 남았다.'

⚖

"화를 내기도 힘든 기분이라고 해야 하나?"

유민택은 어이가 없다는 표정으로 새로운 사외 이사들이 가지고 온 서류들을 바라보고 있었다.

그 안에는 온갖 비리가 다 들어 있었다.

"한 번 정리했는데도 이 지경인가?"

"그때는 부장급까지가 보통 아니었습니까? 그리고 당시의 제 기억이 맞다면 유씨 가문 일가는 건드리지 않았던 걸로 기억하는데요."

"그렇기는 하지."

그때는 명실상부한 톱이 아니라 외부에 적들이 넘쳐 나는 전쟁 시기였다.

그 때문에 아무리 내부를 정리한다고 해도 결국은 한계가 있었고, 특히 절대적 아군인 집안사람들은 건드릴 수가 없었다.

"그게 문제가 된 거죠."

이미 한번 정리하면서도 미처 건드리지 못한 유씨 집안의 이사들과 사람들.

그들은 새로 온 사람들에게 접근해서 자신의 권력을 자랑

했을 것이다.

—봐라, 회사에서는 우리를 못 건드린다. 우리는 유씨 집안 종친회다.

"그다음은 뻔하죠."

깨끗하게 하려고 하는 사람들도 있었을지 모르지만, 대부분은 그들의 권력에 묻어서 어떻게 해서든 돈을 빼돌리려고 했을 것이다.

"썩은 사과를 한 박스에 담지 않는 이유가 있는 법입니다."

썩은 게 하나라도 있으면 그 부패는 무서운 속도로 퍼진다.

"미성년자들하고 똑같은 거죠."

"미성년자들이라……. 그렇군. 상황으로 보면 그렇겠어."

미성년자보호법에 따라 미성년자는 강력 범죄의 처벌 대상이 아니다.

사람을 죽여도 강간해도 그들은 미성년자보호법상의 보호 대상이고, 그 때문에 그들은 자랑스럽게 사람 한번 죽여 볼 만하다고 공공연하게 떠든다.

나는 처벌받지 않는다. 나는 귀족 집단이다.

그게 바로 유씨 가문의 현실이었고, 그 당시에 대룡은 그걸 인정할 수밖에 없었다.

"그러니 이 꼴이 난 거죠."

그들은 같이 붙어먹던 놈들이 처리되자 새로 온 사람들에게 접근해서 그 방법을 알려 주고 계속 같이 해 처먹자고 설득한 것이다.

"이렇게 될 거라는 걸 알고 있었나?"

보고서를 내리면서 유민택은 얼굴을 문질렀다.

"어느 정도 예상하고 있기는 했습니다."

노형진은 고개를 끄덕거렸다.

"특히 건설 쪽은…… 하아."

"원래 건설 쪽이 해 처먹기에는 가장 좋은 곳입니다."

전자나 식품의 경우는 대룡이 성화에서 빼앗아 오면서 하나부터 열까지 깡그리 조사하고 새로 확인하며 완벽한 시스템을 맞춰 놨기에 그나마 그런 경향이 덜했다.

하지만 기존의 계열사, 특히 건설 쪽은 얼마나 썩었는지 도무지 답이 안 보일 정도였다.

"내부 감사 팀에서는 뭘 한 거야, 도대체!"

"감사 팀장도 유씨 가문 사람 아니었나요?"

유민택의 얼굴이 사정없이 일그러졌다.

"학연, 지연, 혈연. 대한민국의 3대 인연이지요. 사실 어느 정도 성장할 때는 그게 도움이 됩니다. 하지만 어느 정도 성장한 후에는 그건 독이 되지요."

중소기업 수준이라면 가족들이 힘을 합해서 기업을 성장시킬 수 있다.

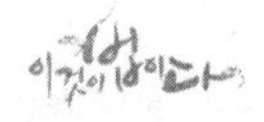

하지만 어느 정도 규모가 되면 그걸 나누고 싶어 하는 게 인간이고, 그 이상이 되면 그러한 인연은 파벌이 되며, 파벌은 기업을 좀먹는다.

"내가 많이 늦었군."

"많이 늦으신 건 아닙니다. 최소한 무너지지는 않았으니까요."

기업이 무너진 후에야 다급하게 허우적거리는 사람들이 얼마나 많던가?

하지만 유민택은 그 이전에 마음먹고 정리하기 시작했으니 늦은 건 아니다.

"그러면 이걸로 그놈들을 죄다 형사 고발하면 끝인가?"

"아닙니다. 그렇게 쉽게 끝내면 안 되지요."

"안 된다고?"

"애초에 이 일을 시작한 목적이 영민이에 대한 후계자 작업 아닙니까?"

"그건 그렇지."

유영민을 후계로 세우고자 하는 유민택.

그러나 유민택의 사후에 대룡을 집어삼키고 싶어 하는 유씨 가문의 일부.

"그들에게 기회조차도 박탈해야지요."

"보고서 안 봤나? 우리 유씨 종친회는 서로 멱살 잡고 싸우고 있네."

"알고 있습니다."

노형진은 고개를 끄덕거렸다.

"그리고 반대 세력이 어떻게 해서든 그걸 막고 있지요."

반대 세력, 즉 이미 대룡에 들어와서 자리를 잡고 권력을 빨아먹던 놈들은 그런 분할 소송을 결사적으로 막고 있었다.

"이제 그걸 무너트려야 끝입니다."

그리고 모든 준비는 끝났다.

⚖

장두식은 노형진의 앞에서 침을 꿀꺽 삼켰다.

"그래도 용케 골재는 안 건드리셨네요?"

"……."

"그런데 이런 식으로 장난치면 우리가 곤란한 거 모릅니까?"

설계상 분명 내장재는 고가의 불연 처리, 즉 화재가 나도 연기가 나지 않는 자재로 만들도록 되어 있는 상가였다.

그게 중요한 이유는 화재 발생 시 사인의 90%가 연기로 인한 질식사이기 때문이다.

연기만 안 나도 생존율이 확 달라지기에, 새론에서는 상가를 새롭게 올리면서 불연 처리 사실을 야심차게 홍보했다.

"그런데 이런 식으로 장난치면 안 되죠."

장두식은 바로 거기다가 장난을 쳤다.

전면에 잘 보이는 곳만 불연 처리를 하고, 내부의 잘 안 보이는 곳은 싸구려 내장재로 처리한 것이다.

당연히 그사이의 비는 돈은 모조리 장두식이 처먹었다.

"대충 보니까 거의 40억 이상 해 처먹으셨던데."

노형진은 서류를 넘기면서 피식 웃었다.

"뭐, 그게 중요한 건 아니죠."

"그게 무슨 말씀이십니까?"

"40억을 해 처먹었든 400억을 해 처먹었든, 당신이 물어야 하는 배상금은 그곳의 모든 재건축 비용이니까요."

"네?"

상황을 이해 못 하고 되묻는 장두식.

그런 그에게 노형진은 미리 준비된 서류를 하나씩 꺼내 들었다.

"일단 내부 소재의 교체 비용. 계약할 때 분명 내장재가 불연 처리된 물품이라고 했는데 당신이 그걸 바꿔치기했으니 당연히 당신이 물어내야겠지요. 그게 70억이고."

"어떻게 그렇게 됩니까!"

"당연한 거 아닌가요? 공사가 뭐 한쪽만 갈아 끼우면 되는 건 줄 아시나?"

내부 디자인을 하려면 당연히 모조리 다 뜯어내야 한다.

과거에 만들어 둔 불연 소재 부분은 살리고 공사한다?

그런 건 불가능하다.

위치상 가능하다고 해도 일단 시간이라는 게 있고, 그 부분과 새로 한 부분의 디자인적인 색감 차이가 있기 때문에 그 모든 것을 맞추기 위해서는 무조건 전부 새로 해야 한다.

"당연히 그 기간 동안에 영업하지 못하는 것에 대한 보상도 들어가야겠지요? 그게 대략 120억 정도 될 거고."

"120억요!"

"여기가 무슨 구멍가게인 줄 아십니까? 대형 백화점입니다, 대형 백화점. 백화점에 다니는 손님들이 안전 문제에 얼마나 예민한지 몰라요?"

삼풍백화점이 무너진 후 그러한 주요 다중 시설은 안전이 최우선이었다.

"백화점에서 화재가 나면 그 피해가 얼마나 될 것 같습니까?"

"살려 주십시오! 살려 주십시오!"

"아직 안 끝났습니다. 백화점이 그러한 재공사로 인한 영업 중단으로 이미지 타격 입었으니 그 부분에 대해서는 따로 청구가 들어갈 겁니다. 그건 저희가 아니라 백화점 쪽에서 따로 들어갈 거라는 점 알고 계시고요."

"아아…… 안 돼……."

"그리고 저희 대룡에서도 이미지 상실에 대한 책임을 물을 겁니다. 물론 그 장난을 친 기업에 대해서도 마찬가지이지요."

사실상 사회적으로 사형선고가 떨어진다는 말에 장두식은 그대로 혼이 나가 버렸다.

"대룡이 어떻게 일을 처리하는지 모르고 그러신 건 아니지 않습니까? 제가 알기로는 장두식 씨는 내부 정리 당시에 이사로 승진하셨을 텐데요."

"흑흑흑."

눈물로 후회하는 장두식이었지만 그렇다고 해서 이제 와서 사건을 덮을 수는 없었다.

그런 그에게 노형진은 슬쩍 떡밥을 던졌다.

유일한 그의 구명줄이었다.

"물론 주범을 이야기해 주신다면 저희가 선처해 드릴 수는 있습니다만."

"주……범요?"

"사건을 파고들다 보니 이상한 게 있더군요. 장두식 씨가 들어가서 부패 행위를 시작한 게, 마치 누가 가르쳐 준 것 같았거든요."

이사로 들어간다고 해서 모든 걸 다 아는 건 아니다.

그런데 들어간 지 채 1년도 안 되어서 범죄에 손대고 이것저것 해 처먹기 시작했다.

그리고 그 방법도 실로 교묘해서, 외부에서는 쉽게 발견하지 못할 일이었다.

당장 불연재를 쓰는 문제도, 일반인은 모른다.

왜냐하면 진짜 태워 보기 전에는 알 방법이 없으니까.

하지만 유승철은 그 불연재를 공급한 회사를 의심했다.

그도 건설업체에서 일해서 그 공급 회사를 알고 있었던 것.

불연재를 생산하기는 하지만 생산량은 충분하지 않았던 회사였기 때문이다.

불연재는 가격이 높기 때문에 일반적으로 사용하지 않는 경우가 대부분인데, 그 회사는 불연재를 만드는 라인을 작동한 지 얼마 되지 않았기에 백화점 공사 같은 큰 공사의 납품량을 맞출 수가 없었다는 걸 기억해 낸 것이다.

물론 불연재 생산 회사가 그곳만 있는 게 아니니 다른 곳을 통해 납품받았다면 괜찮았겠지만, 이상하게 해당 자재의 납품 독점권은 그곳이 가지고 있었다.

부족한 생산량. 그럼에도 끝난 공사.

그러면 답은 나온다.

"누가 시켰습니까?"

"그게……."

고민하는 장두식을 노형진은 단 한마디로 함락시켰다.

"주범이 아무래도 종범보다는 더 많이 배상해야겠지요. 안 그런가요?"

⚖

"팔아! 팔라고!"

유호진은 고래고래 소리를 지르고 있었다.

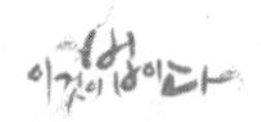

유호진뿐만이 아니었다.

대룡의 주요 임원 중 부패했던 자들은 과거와 다르게 주식을 분할해서 판매하자는 쪽으로 돌아섰다.

"그거 팔아!"

"맞습니다. 그거 팔아서 우리 수익을 나눠 줘요!"

"제발 빨리!"

개판이 되어 버린 총회.

허망하게 바라보는 유민택의 시선에 노형진은 입맛을 다셨다.

"기분이 좋지 않으신가 보군요."

"좋지는 않지."

그들은 절대 주식을 팔아서는 안 된다던 자들이었다.

이유는 간단했다.

그들이 그 주식을 관리하는 직책이었으니까.

그게 있어야 대룡에서 목소리를 높이고 권력을 휘두를 수 있었으니까.

"하지만 이제는 상황이 다급하게 변했지요."

그들은 범죄 혐의로 고발되었고, 대룡은 그들에게 민사소송을 하겠다고 언급했다.

"그런데 그 주식은 자기들 것도 아니지 않나? 그런데 왜 갑자기 팔자는 쪽으로 돌아선 거야?"

유민택은 그게 이해가 가지 않았다.

주식은 유씨 가문의 재산이지 그들의 재산이 아니다.

그랬기에 그들은 지금까지 판매를 반대하면서 계속 소송 중이었다.

"전 재산을 다 털어도 배상은 못하니까요."

"배상을 못한다면……."

"네. 그러면 저들은 어떻게 하려고 할까요?"

"주식이라도 팔아서 배상금을 만들려는 거라고? 그럴 리가. 그걸 판다고 해도 배상금은 안 나오네."

작게는 수억, 많게는 수십억대의 배상금이다.

가문이 소유한 대룡의 주식을 판다고 해도 그 금액을 만들어 낼 수는 없다.

더군다나 그들은 지금까지 주식을 파는 걸 결사반대해 왔었다.

"압니다. 그러니 서두르는 거죠. 압류되기 전에 현금으로 쟁여 두려고 하는 겁니다."

"아!"

"범죄자들의 마지막은 대부분 비슷하지요."

그냥 가지고 있으면 다 빼앗긴다.

그러니 모조리 팔아서 현금으로 만들어 감춰 두고 쓰려고 하는 게 경제사범들의 일반적인 행태다.

"그러니 저들이 저렇게 돌변한 거지요."

어차피 소송해서 나눠 가질 거라면, 자신들의 재산에 압류

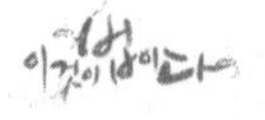

가 들어가기 전에 팔아서 그 돈을 빼돌리기 위해서였다.
"그들이 그 주식으로 이득을 챙기기는 했지만 정작 자신들의 주식은 아니었으니까요."
최후의 순간까지 자신들의 이득을 위해 움직이는 것이었다.
"뭐, 덕분에 판매 자체는 무난하게 진행될 것 같네요."
유씨 종친회에 속한 대부분이 배신감에 판매를 요구하고 있고, 그걸 막던 자들도 이제는 다급하게 판매를 요구한다.
"그리고 그걸 판매하는 대상은 나겠군."
"정확하게는 영민이죠. 쓸데없이 증여세를 낼 필요가 있겠습니까?"
물론 돈을 주는 것도 증여세를 내야 하지만, 가치가 변동되는 주식이 아무래도 더 유리하다. 현재 상태로 보면 대룡의 주식은 미래에 더 비싸질 테니까.
"종친회가 이렇게 무너지니 기분이 묘하군."
"무너진 건 아니죠. 권력자들만 바뀌는 겁니다."
"권력자들만 바뀌는 거라고?"
"그렇습니다. 이제 종친회는 사실상 힘이 없습니다. 가진 돈도 없고요. 무엇보다, 이제 유 회장님의 자비도 구할 수 없게 되었지요."
그런 상황에서도 남아 있는 사람이라면 진심으로 유씨 집안을 위하여 뭔가를 해 보려고 하는 이들일 것이다.
"애초에 종친회라는 건 그렇게 굴러가는 게 맞지 않습니까?"

이권이 아니라 인연으로 말이다.

"비정상이 정상으로 돌아간 것뿐입니다. 그리고 그 정상화된 종친회를 어떻게 이끌어 갈지는 유민택 회장님의 결정에 따라 달라지는 거지요."

유민택은 고개를 끄덕거렸다.

"내 결정이란 말이지."

그의 머릿속은 이루 말할 수 없이 복잡했지만 또 한구석에서 피어오르는 묘한 기대감을 감출 수 없었다.

다음 권으로 이어집니다

南宮魔帝
남궁마제

문운도 신무협 장편소설

회귀한 뇌왕, 가족을 지키기 위해 정파의 중심에서 제대로 흑화하다!

세상을 뒤집으려는 귀천성에 맞서 싸우다
가족을 모두 잃고 제물로 바쳐진 뇌왕 남궁진화
마지막 순간 원수의 뒤통수를 치고 죽으려 했으나
제물을 바치는 진법이 뒤틀리며 과거로 회귀하다!?

남궁세가의 양자가 된 어린 시절로 돌아온 후
귀천성이 노리는 자신의 체질을 연구하다 기연을 얻고
회귀 전과 다른 엄청난 미모와 함께
뇌전의 비밀마저 알아내 경지를 뛰어넘는데……

**가족들에게는 꽃처럼 사랑스러운 막내지만
적이라면 일단 패고 보는 패악질의 끝판왕!
귀천성 때려잡기에 나서다!**